KB114585

네르가시아 장편소설
FUSION FANTASTIC STORY

대무왕 연대기

도시 무왕 연대기 13

네르가시아 장편소설

초판 1쇄 찍은 날 § 2016년 9월 20일
초판 1쇄 펴낸 날 § 2016년 9월 27일

지은이 § 네르가시아
펴낸이 § 서경석

편집책임 § 최지원

펴낸곳 § 도서출판 청어람
등록번호 § 제387-1999-000006호
등록일자 § 1999. 5. 31
어람번호 § 제1-2524호

주소 § 경기도 부천시 원미구 부일로 483번길 40 서경B/D 3F (우) 14640
전화 § 032-656-4452   팩스 § 032-656-4453
http://www.chungeoram.com
E-mail §chungeorambook@daum.net

ⓒ 네르가시아, 2015

ISBN 979-11-04-90972-6 04810
ISBN 979-11-04-90445-5 (세트)

네르가시아 장편소설

FUSION FANTASTIC STORY

도시 무방 연대기

도서출판 청람

목차

외전. 희생

늦은 밤, 한 사내가 온몸에 피를 흘린 채 말을 달리고 있다.

다그닥다그닥!

"허억, 허억!"

"잡아라!"

"끈질긴 놈들!"

사내는 자신의 옆구리를 뚫고 나온 혈액 덩어리를 바라보며 인상을 찌푸렸다.

내장이 파열되었거나 내출혈이 생겨 몸이 점점 부서져 내리는 것 같았다.

"제기랄, 제기랄!"

만약 이대로라면 자신을 뒤쫓는 추격자들이 다시 일검을 꽂기도 전에 죽음을 맞이할 것이다.

이 청년의 이름은 제갈청설. 원래는 북해 상단의 적자였다.

북해 상단은 무림맹의 제갈 세가로 첩자를 보냈는데, 그 첩자 노릇을 하던 사람이 바로 제갈청설이었다.

하지만 어디서부터인가 정보가 새는 바람이 그는 지금 제갈 세가는 물론이고 무림맹 전체의 추격을 받는 처지가 되어 버렸다.

그는 자신의 목덜미에 걸려 있는 옥패를 만지작거린다.

"아버지, 소자가 미천하여 일이 이렇게 꼬여 버렸습니다. 부디 만수무강하십시오."

이윽고 그의 신형이 서서히 허물어져 내렸다.

스륵.

그의 신형은 이내 천 길 낭떠러지로 굴러떨어져 내렸다.

추격자들이 똥 씹은 표정으로 소리쳤다.

"제기랄! 놈이 떨어져 내렸다!"

"빌어먹을 자식 같으니!"

"놈을 찾아야 한다! 시신을 찾지 못하면 우리에게 돌아올 현상금은 한 푼도 없을 것이다!"

"카악, 퉤! 더러운 마도인의 앞잡이 같으니! 끝까지 말썽이군!"

그들은 자신들의 눈앞에서 사라진 청설을 향해 온갖 욕지거리를 씹어뱉었다.

그러곤 이내 말을 몰아 낭떠러지 아래로 향했다.

"가자! 만약 살아남았다고 해도 얼마 못 갔을 것이다!"

"예!"

50명의 추격대가 말고삐를 당겼다.

＊　　　＊　　　＊

호북성의 한 시골 마을.

비가 억수같이 쏟아져 내려 바로 앞을 분간하기도 힘들 지경이다.

솨아아아아아!

역술인들은 이 비가 거대한 비구름이 몰고 온 쌍둥이 태풍으로 인한 재해라고 말했다.

사상 최악의 태풍이 무려 두 개, 농민들과 어민들은 만반의 준비를 서두를 뿐이다.

한적한 시골길, 이곳으로 연달아 번개가 떨어져 내렸다.

우르릉, 콰앙!

번개가 만들어낸 섬광이 비춘 곳은 바로 이 마을에 있는 작은 장의사였다.

"후우……."

장의사는 섬광을 따라서 고개를 들어 올렸다.

그는 자신의 앞에 누워 있는 한 노인을 바라보며 연신 한숨을 내쉬었다.

"…망할 노인네, 염질을 그렇게 해놓고 정작 자기 염해줄 사람은 못 찾고 가나?"

흰색 장의사 가운을 입은 사내는 그 안에 베옷을 입고 있었다.

그리고 그 베옷 안에는 검은색 양복을 겹쳐 입고 팔에는 세 줄짜리 완장을 차고 있었다.

그는 자신이 상주이면서 시신을 염해주는 장의사였다.

"염사, 염사 하면서 왜 자기 죽을 생각은 안 했나 몰라."

인생이란 참으로 아이러니하다.

염사, 다른 말로는 장의사라고 부른다.

남의 죽음을 준비하거나 죽음 이후의 장례를 책임지며 저세상으로 갈 길을 닦아주는 사람이다.

죽음과 가장 가까운 염사라는 일을 무려 50년이나 해온 이 늙은 장의사는 자신의 죽음을 돌아볼 겨를도 없이 떠나고 말았다.

염사, 자신을 항상 염사라고 부르던 이 노인은 정작 자신의 죽음, 그러니까 염사(念死)는 안중에도 없었던 모양이다.

사내는 입술에 걸쳐 놓고 있던 담배를 창문 밖으로 집어 던지고는 잠들어 있는 노인의 팔부터 차례대로 닦아나가기 시작했다.

슥삭, 슥삭.

친조부의 몸을 손수 닦는 그의 마음이 조금씩 무너져 내리려 한다.

'죄송해요.'

바로 그때였다.

쿵쿵쿵!

장대비를 뚫고 누군가가 침우네 장의사 문을 두드렸다.

시신을 닦고 정갈하게 옷을 갈아입히는 '염'은 장례 절차에 있어서 가장 중요한 의식이라고 할 수 있다.

"빌어먹을, 이 시간에 또 누구야?"

염을 하던 도중에, 그것도 친조부를 염하다 자리를 뜨는 것은 상당히 껄끄러운 일이다.

하지만 장의사는 오밤중에 찾아온 사람도 기꺼이 맞아야 한다.

사내는 그러지 못했어도 그 조부는 그래왔다.

그는 가운을 입은 채로 장의사 문을 열었다.

"누구쇼?"

다소 짜증 섞인 얼굴로 문을 열어보니 두 명의 사내가 검은색 우의를 입고 서 있었다.

"계셨군요. 잠깐 안에 들어가도 됩니까? 드릴 말씀이 있습니다."

"누구신데 이 시간에 장의사 문을 두드리는 거요? 용건이 있으면 여기서 말하쇼. 지금은 들어가기 곤란하니."

사내들은 젊은 장의사에게 다짜고짜 은자가 든 상자를 건넸다.

"시신이 한 구 있습니다. 오늘 맡길 수 있겠습니까?"

꽤 두둑한 은자를 건네는 사내들. 그는 일단 그 안에 든 액수를 확인해 보았다.

'적어도 500냥은 되겠군.'

이 정도 금액이라면 마을 사람 모두의 장례를 평생 책임져 줘야 받을까 말까 하는 돈이다.

돈이 꽤 되긴 하지만 그는 일단 은자를 고사하고 보았다.

"됐수다. 내가 오늘은 좀 바빠서……."

"혹시라도 돈이 모자란다면 웃돈을 더 얹어드리겠습니다. 그러니 사정 좀 봐주십시오. 내일이면 삼일장이 끝나서 시신을 묻어야 한단 말입니다."

"사정이 급한 것은 알지만 나도 지금 친조부를 모시고 있는 중이란 말입니다. 그러니 내일 다시 오쇼."

이내 돌아서려는 그의 팔을 잡은 사내가 잔뜩 굳은 표정으로 말했다.

"…좀 봐주십시오. 제발 부탁입니다."

"거참……."

"많은 것은 바라지도 않습니다. 해가 뜨기 전까지만 좀 봐주십시오."

사람은 달라도 망자를 보내는 이들의 마음이야 무겁기는 매한가지, 더군다나 젊은 사람들의 경우엔 그 슬픔이 더할 것이다.

그는 어쩔 수 없이 은자를 받았다.

"뭐, 좋수다. 일단 가시는 분부터 한번 뵙고 일을 진행하는 것으로 합시다."

"네, 알겠습니다."

그는 이내 억수같이 내리는 비를 뚫고 검은색 마차로 향했다.

쏴아아아아아아!

"…많이도 내리네."

장의사 앞에 세워져 있는 마차로 다가선 그는 짐칸을 열어 망자의 상태를 확인했다.

관에 들어가 있긴 하지만 아직 시신을 채 다 수습하지도 않은 모양이다.

생전에 입고 있던 옷을 그대로 입고 있고 사고로 죽었는지 얼굴과 목덜미에 혈흔이 덕지덕지 붙어 있었다.

"사고로 돌아가신 모양이군."

"자살… 입니다."

"젊은 날에 안타깝게 요절했군. 뭐, 좋수다. 염사가 망자를 가리는 법은 없으니 일단 안으로 같이 옮깁시다."

"알겠습니다."

세 사람은 짐칸에서 시신을 꺼내어 장의사 안으로 옮겼다.

* * *

친조부의 시신부터 수습한 침우는 관의 뚜껑을 열어 그 안의 청년과 마주했다.

눈을 감은 청년의 상태는 그리 좋아 보이지 않았다.

아직 경황이 없어서 관아에 사망신고는 하지 못했고, 급한 대로 의원에게 죽은 원인에 대한 진단만 받았을 뿐이다.

시신을 맡긴 사람들에 의하면 청년은 어젯밤 혼자 여행을 떠났다가 아름드리나무에 목을 맸다고 한다.

그 증거로 목덜미에 희미한 자상이 남아 있긴 하지만, 단순히 목이 졸려 죽은 것 같지는 않았다.

보통 교사에 의한 시체는 안면에 울혈이 생기고 눈의 결막에 작은 반점, 즉 일혈점이 생긴다.

또한 목이 졸려 죽은 시체의 경우엔 대소변을 싼 경우가 많았다.

하지만 이 시신에는 울혈이나 일혈점이 보이지 않았으며 대소변 또한 없었다.

만약 이 청년이 목을 매어 죽은 것이 맞는다면 목에 밧줄을 감고 높은 곳으로 올라가 전력을 다해 뛰었을 것이다.

체중을 있는 대로 다 실어서 자살했다면 이처럼 일혈점이 생기지 않는 경우가 있다.

또한 단숨에 목숨을 끊었다면 대소변을 싸지 않을 수도 있었다.

하나 그랬다고 하기엔 목이 너무 멀쩡했다.

게다가 온몸 이곳저곳에는 돌에 맞은 듯한 멍이 자리 잡고 있었고 뼈마디도 꽤 부러진 것 같았다.

침우는 마치 낭떠러지에서 굴러떨어진 사람을 보는 것 같았다.

'이상하군.'

뭔가 좀 이상하긴 하지만 의원이 진맥을 하고 죽었다는 진단까지 받았으니 염을 해주지 않을 이유는 없었다.

찜찜해도 죽은 사람의 장삿길을 닦아주는 것에 걸림돌이 될 것은 아무것도 없기 때문이다.

침우는 가위로 시신의 옷을 자르고 섣달그믐에 받은 청수로 묻은 피를 닦아냈다.

슥삭, 슥삭.

꽤나 준수해 보이는 이 청년의 나이는 대략 20대 초반에서 중반쯤 되는 것 같았다.

"젊은 나이에 안 됐군."

죽은 사람을 보고 잘되었다고 박수를 칠 사람은 아무도 없겠지만, 특히나 젊은 청년을 염하면 그 안타까움이 배가 된다.

침우는 혀를 차며 시신을 닦아 내려갔다.

팔과 발, 목덜미와 몸통을 차례대로 닦아나가던 침우는 청년이 뭔가를 손에 꼭 쥐고 있다는 것을 알 수 있었다.

"이게 도대체 뭐야?"

아마도 그는 죽는 순간까지 이 물건을 아주 소중하게 간직하고 있었던 모양이다.

사후경직이 와서 몸이 딱딱하게 굳긴 했지만 시신의 손가락이 움직이지 않는 것은 아니다.

침우는 시신의 손가락을 벌려 물건을 빼내기 위해 힘을 주었다.

뚜둑!

이윽고 시신의 손가락을 좌우로 벌린 침우는 그가 손에 쥐고 있던 물건이 목걸이라는 것을 알 수 있었다.

"어지간히 소중한 것인 모양이군."

원 안에 옥패 장식이 달린 이 목걸이는 사내가 워낙 힘을 세게 주어 동그란 원이 다 찌그러져 있었다.

그나마 남은 모래시계 또한 정중앙에 금이 가 조금이라도 힘을 주면 그대로 허물어져 내릴 것 같았다.

"이런, 유품인 것 같은데……."

망자가 가지고 있던 모든 것은 유가족에게 있어 아주 소중한 유품이 된다.

침우는 유품을 아주 조심스럽게 들어 흰색 면보에 잘 감쌌다.

*　　　*　　　*

제갈청설이 죽었다.

무림맹은 배신자 제갈청설의 시신을 찾아 부관참시하겠다고 밝혔으나, 제갈 세가에선 시신을 찾을 수 없다고 잡아뗐다.

아무래도 장자인 청설이 부관참시를 당하게 되면 가문에 큰 누가 되기 때문으로 해석되었다.

하지만 그렇다고 해서 제갈청설의 죄가 사라지는 것은 아니었다.

무림맹의 현 맹주인 남궁지철은 제갈청설의 이름을 맹의

명부에서 제외시키고 그동안 그가 세워온 공훈을 모두 몰수한다고 선언하였다.

이로써 제갈청설은 앞으로 그 이름이 거론될 일이 전혀 없는 사람이 된 것이다.

이른 새벽, 제갈 세가의 장원에 한 여인이 우두커니 서 있다.

"……."

제갈 세가의 장부 임청화는 이미 고인이 되어버린 아들의 용모파기를 손에 꼭 쥔 채 하늘만 바라보고 있었다.

그런 그녀에게 제갈 세가의 당주 제갈명회가 다가왔다.

"부인, 날이 차오. 안으로 들어갑시다."

"……."

"청화, 에서 이럴 것이 아니라……."

"서방님, 이 청화가 무얼 그리 잘못하였기에 청설이를 처참하게 죽이셨습니까?"

제갈명회는 무겁게 입을 다물었다.

"…할 말이 없소."

그녀는 원망 가득한 눈으로 제갈명회를 바라보았다.

"저는 제 아들이 왜 죽었는지도 모릅니다. 어째서, 도대체 무슨 죄를 지었기에 세작이라는 말도 안 되는 누명을 쓰고 죽었는지 그 이유조차 모른단 말입니다."

"……."

"서방님, 도대체 왜 아들을 스스로 사사하신 겁니까? 혹 당신의 진짜 핏줄이 아니라서 그런 겁니까?"

제갈명회는 고개를 저었다.

"그건 아니오. 나는 청설이를 친자식으로 생각했소. 그 아이가 누이들의 혼삿길을 챙기고 당주의 아들로서 그 책무를 다했을 때 진심으로 뿌듯하고 기뻤소."

"그런데 어째서 청설이의 목숨을 끊어버리신 겁니까?"

"…그건 말로 다 설명하기 힘드오. 그러니 부인이 좀 이해해 주시구려."

순간, 임청화의 손이 제갈명회의 뺨으로 향했다.

짜악!

"……."

"서방님, 아니, 명회 오라버니. 우리가 백년가약을 맺을 때 뭐라고 하셨나요? 목에 칼이 들어와도 배필을 등지는 일은 없을 것이라고 하셨지요."

"그랬지."

"그런데 오라버니는 지금 나를 등지셨군요. 나를 속였어요."

제갈명회는 깊은 한숨을 토해냈다.

"휴우, 그리도 청설이의 죽음에 대해서 알고 싶은 것이오?"

"최소한 거짓말을 하는 오라버니는 보고 싶지 않습니다."

그는 무려 15년간의 열애 끝에 혼인한 애처를 저버리고 싶지 않았다.

제갈명회는 허심탄회하게 말을 꺼냈다.

"청화, 잘 들어. 우리의 아들은 명백히 세작이 맞아."

"……?"

"북해 상단이라는 이름을 들어본 적이 있을 거야."

"그렇지요."

"그들은 우리와는 원수라고 할 수 있는 북해빙궁의 표국 무사들이 세운 상단이야. 공식적으론 알려지지 않았지만 우리 소식통에 의해서 밝혀진 사실이지."

"그럼 우리 청설이가 그 북해 표국의 후손이란 말인가요?"

"그래. 내가 청설이를 우리에게 보내준 노인에 대해서 조사해 보니 그 집안사람이었다고 하더군. 그 노인의 자식들을 살살 구슬려 보니 답이 딱 나오더군."

"…어, 어떻게 그런 일이 있을 수가 있죠?"

"나도 처음엔 기가 막혔어. 내 자식이 세작이라니, 이게 말이 되는 일인가? 하지만 청설이가 우리 집안에 세운 공이 많고 정이 꽤 쌓였으니 덮고 가려고 했어. 그러나 청설이는 알아선 안 될 것을 알아내고 말았어."

"그게 뭔가요?"

그는 임청화에게 오래된 지도를 한 장 건넸다.

"이 지도에 표시된 지역에 뭐가 있는지 오로지 청설이만 그 비밀을 알고 있었어."

"당신도 이젠 그 비밀을 알아냈나요?"

"응."

"그, 그게 뭔데요?"

"세상을 뒤흔들 수 있는 엄청난 양의 진기가 응축된 무덤이 있다고 하더군. 그 무덤은 워낙 강력한 진기를 가지고 있어서 세상의 끝에 흠집을 낼 수 있을 정도야. 무림맹은 그 전설을 믿고 조사를 벌이다가 한 단체에게 저지를 당했어. 사람들은 그들을 천하마술단이라 부르더군."

"천하마술단이라……."

"아무튼 이 지도가 유적지의 지도라는 사실은 청설이 혼자만 알고 있었는데, 이 사실이 천하마술단과 무림맹에게 알려지면서 그 아이가 사사를 당한 거야."

"하지만 이 지도가 무엇인지는 청설이만 알고 있다면서요?"

"사실 무림맹과 천하마술단에서도 청설이가 유적에 대해 알고 있다고만 생각하지 지도가 있다는 것은 몰라."

"아아……!"

"청설이는 자신이 지도를 가지고 있는 것을 알면 무림맹이 제갈 세가까지 불태울 지도 모른다고 생각했어. 그래서 죽기 전에 나에게 지도를 건넸던 것이고."

"그렇군요."

"청화, 우리 아들은 무림맹과 천하마술단에게 죽었어. 이제부터 나는 북해 표국과 지속적으로 연락을 취하면서 그 배후에 복수하기 위해 칼을 갈 생각이야."

"…아들의 피값을 받아낼 건가요?"

"청화가 원한다면."

그녀는 고개를 끄덕였다.

"좋아요. 제 힘이 닿는 한 끝까지 돕겠어요."

"고마워."

부부는 자신들의 결의가 과연 얼마나 오래도록 제갈 세가에 영향을 미칠지 전혀 생각조차 하지 못했다.

1. 혼란을 몰고 오다

알프스 산맥의 중턱에서 벌서 나흘째 접전이 이어지고 있다.

휘릭, 콰앙!

"크허억!"

"형제들!"

정방사신단의 고수 절반이 죽어나갔으며 명화방의 고수 역시 2/3가량이 사망하였다.

수적으로 우위에 있던 고수 연합이 이제는 천하마술단에게 밀리는 실정이 되어버린 것이다.

안 그래도 천하마술단의 전력이 만만치 않은데 후위무림맹이 뒤를 쳐서 일이 어렵게 되어버렸다.

그나마 위안이 되는 것은 태하의 전투력이 카미엘과 엇비슷하다는 점이다.

"건곤일식, 파!"

퍼엉!

태하의 일장이 카미엘에게로 날아가자, 그는 아주 가볍게 그것을 쳐낸 후 돌진하였다.

"흥! 그런 알량한 잔재주로 나를 이길 수 있을 것이라 생각했나?!"

단 일 수에 공격이 수포로 돌아가자 태하는 곧바로 공수를 수세로 돌렸다.

휘이이익!

"죽어라!"

카미엘의 손에서 뿜어져 나온 새까만 마력이 태하의 목덜미를 스치자 그의 눈앞에서 공간이 일그러지면서 나타나는 공간의 왜곡 현상이 펼쳐졌다.

그는 가까스로 공격을 피해냈지만 서서히 벌어져 가는 전력 차이를 실감할 수밖에 없었다.

'흑마술은 정말로 무서운 사술이군. 나의 내공이 다 타버리도록 놈의 내공은 꿈쩍도 하지 않는구나.'

지금의 카미엘이 있기까지는 그의 지독한 집념도 한몫을 했지만 흑마술의 힘이 있었다.

그의 탄탄한 마검술에 흑마술이 더해져 마력의 증폭이 이뤄졌고, 신체의 개조로 인하여 자연경의 태하를 뛰어넘는 힘이 생겨난 것이다.

그러니까 지금 카미엘의 경지를 무학으로 표현한다면 심검, 혹은 무형경에 이를 것이다.

생각만으로 사람을 죽이는 경지인 심검과 검과 초식의 형을 깨어버린 무형경은 지금까지 그 어떤 이도 오른 적이 없는 무신의 경지이다.

한마디로 지금의 카미엘은 인간의 힘으론 도저히 죽일 수 없는 존재가 되었다는 소리다.

태하는 씩씩거리는 그의 표정에서 깊은 분노를 느꼈다.

'도대체 얼마나 깊은 원한에 사로잡혀 있으면 저렇게 엄청난 분노를 표출할 수 있는 것일까?'

그는 도저히 카미엘의 심경을 헤아릴 수가 없었다.

카미엘의 비하인드 스토리는 아무도 아는 사람이 없지만 태하는 그가 가문을 배신한 데에는 분명 이유가 있을 것이라고 생각했다.

숨겨진 나르서스의 일기에 따르면 그는 아이를 가졌고, 아주 뛰어난 수완으로 가문을 더더욱 부강하게 만들어 나가는 효자였다고 한다.

그런 그가 갑작스럽게 천하마술단으로 전향하여 일가족을 몰살시켰다는 것은 쉽사리 납득하기가 어려웠다.

만약 그가 마음만 먹었다면 진즉 가족들을 몰살시켰을 것인데, 굳이 자신의 핏줄이 잉태된 시점에서 일가족을 죽였을 리가 없었다.

가족이 죽는 느낌이 어떤 고통인지 잘 알고 있는 태하이지만 자식이 떠나가는 심정은 결코 이해할 수가 없었다.

그저 어렴풋이 그 고통이 얼마나 대단한 것인지 추측만 하고 있을 뿐이다.

태하는 그와의 접전이 이제 더 이상 이어질 수 없다는 것을 느꼈다.

'이제는 싸움을 벌이기엔 불가능하다. 이놈은 도발이나 빈틈을 노리는 전술이 통하지 않는다. 이대로 퇴각하지 않으면 모두 다 죽을 것이다.'

그는 주변을 둘러보았다.

정방사신단의 피로 언덕이 물들어가고 있고, 명화방은 이제 거의 전멸 직전에 몰려 있었다.

"이대로는 다 죽을 것입니다! 대사형, 그만 전투를 끝내고 후퇴하시지요!"

"하지만 그랬다간 저놈들이 무슨 짓을 벌일지 모르네."

"그렇다고 이렇게 헛되이 죽어갈 수는 없는 노릇 아닙니까?!"

"으음!"

모든 휘하가 명화방주에게 있으니 그가 내린 결단에 따라 사람의 목숨이 좌지우지 될 것이 분명했다.

그는 상처 입은 자신의 몸과 휘하의 고수들을 바라보았다.

"으으……!"

"…모두가 지쳐 있다. 이대로는 싸움이 불가능해."

"제가 저놈을 저지하는 동안 대사형이 후위무림맹의 검진을 돌파할 수 있다면 충분히 승산은 있습니다."

"그래, 그렇게 하자고!"

잠시 후, 명화방의 후퇴를 알리는 빨간색 조명탄이 튀어 올랐다.

피융, 쾅!

이 조명탄이 터지자마자 명화방과 정방사신회는 퇴로를 확보하기 위한 계책을 발휘했다.

스스스스!

"천벌화시!"

주작단주의 일격이 후방으로 떨어져 내리자 후위무림맹의 진영이 단박에 무너져 내렸다.

콰과과과광!

"크흐윽! 저놈들이?!"

"자, 어서 후퇴합시다!"

"예!"

명화방과 정방사신단이 후퇴하는 동안 태하와 카퍼데일은 퇴로를 보호하고 카미엘의 검을 막아내기로 했다.

태하는 카미엘의 정신을 분열시키기로 한다.

"이런 천하의 후레자식 같으니! 부모와 처자식을 산 채로 화장시킨 것도 모자라 이제는 무고한 사람들까지 죽이려 드는구나!"

"…뭐라?!"

"아마 네 가족들은 죽어서도 편히 눈을 감지 못했으리라!"

눈이 뒤집혀 버린 카미엘은 앞뒤 가리지 않고 검을 휘둘러 댔다.

"크아아악! 죽어라! 모두 다 죽일 것이다!"

콰콰콰콰쾅!

그의 검은 태하가 서 있던 자리와 그 주변을 마구 폭격하였고, 후위무림맹과 천하마술단에 극대한 타격을 안겼다.

"쿨럭쿨럭!"

"이런 빌어먹을! 저런 자가 우리의 편이라 할 수 있겠습니까?!"

"독고 맹주! 우리도 후퇴하는 것이 좋겠습니다!"

"알겠습니다! 모두 후퇴하라!"

"예!"

후위무림맹마저 후퇴해야 할 정도로 카미엘의 흑마법은 대단한 파괴력을 자랑하였다.

그런 파괴력이 산을 울리자 중턱에서부터 눈사태가 일어나기 시작했다.

태하와 카퍼데일은 신속히 이곳을 벗어나야 할 필요를 느꼈다.

"어서 피하세! 이대로 있다간 다 죽겠어!"

"예, 대사형!"

두 사람은 동료들을 따라서 신속하게 보법을 밟았다.

*   *   *

천하마술단과 고수 연합이 격돌하는 가운데 백악관에선 믿을 수 없는 일이 벌어졌다.

백악관의 경호국장 마이클 체이스너가 대통령을 납치하여 천하마술단에게 그 신변을 넘겨 버린 것이다.

그 누구보다 오래도록 백악관에 몸을 바쳐온 마이클의 이러한 행보는 미국은 물론이고 전 세계 외신들에게 충격을 안겨주었다.

하지만 문제는 이것으로 끝이 아니었다.

미국 대통령의 고유 권한으로 남아 있는 국방부의 비밀 코드와 기밀문서가 전부 천하마술단의 손아귀로 넘어간 것이다.

오대양 육대주로 파견되어 있던 미군은 대통령의 비밀 코드 입력으로 인하여 일동 전투태세로 돌입하였다.

이제 남은 것은 국방부장관을 비롯한 6명의 장관이 가진 비밀 코드를 조합하여 이른 바 '킬체인' 시스템에 입력하는 것뿐이었다.

킬체인 시스템은 미국의 존립에 위협이 된다고 판단되는 세력을 척결할 때 사용하는 코드로 전 군이 모두 전투태세에 들어간다.

이 시스템이 가동되면 핵무기는 물론이고 지상군, 공군, 해군력 모두가 지정된 적을 무차별적으로 공격하도록 되어 있었다.

하지만 킬체인 시스템이 무서운 것은 이 때문만이 아니었다.

1980년대 미국에서 고안되었다가 무산된 '신의 지팡이'가 사실은 비밀리에 완성되어 궤도에 안착한 것이다.

대기권 밖에서 100kg의 텅스텐 미사일을 떨어뜨리는 신의 지팡이는 핵폭탄의 유일한 대안책으로 거론되고 있었다.

탄두가 없는 대신에 위치에너지와 운동에너지로만 핵폭탄 이상의 파괴력을 내는 신의 지팡이는 방사능 물질이 없는 핵폭탄이나 다름없었다.

초속 11㎞의 엄청난 속도로 떨어져 내리는 신의 지팡이는 요격이 불가능하고 위성의 궤도에서 발사되기 때문에 발사체를 파괴할 수도 없다는 것이 가장 큰 강점이었다.

신의 지팡이는 텅스텐 미사일을 제조하는 데에만 천문학적인 돈이 들어가고 이것을 우주로 보내는 것에 들어가는 돈 역시 어마어마했기 때문에 무산되었다.

그러나 최근 10년 사이 미국은 신의 지팡이를 개발하여 공중으로 쏘아 보내는 실험을 하고 있었다.

만약 킬체인 시스템이 가동된다면 신의 지팡이가 전 세계 곳곳을 강타할 것이 분명했다.

더군다나 핵탄두가 각지에 떨어져 내려 국토를 황폐화시킬 것이고, 그렇게 되면 세계대전의 발발은 자명한 일이다.

한마디로 킬체인 시스템의 명령어 한 번에 전 세계가 공멸을 맞이할 수도 있다는 뜻이다.

남아프리카공화국 케이프타운의 한 지하실.

이곳에서 미국의 현직 대통령인 밥 제프너에게 최면이 시도되고 있다.

백금으로 만든 추를 가진 사내가 밥의 앞에 앉아 조용히 읊조렸다.

똑딱, 똑딱!

"이제 당신은 천천히 잠에 빠져듭니다."

스스스스스!

최면 술사는 인간의 기억을 조종하고 그것을 억류시키는 능력을 가진 흑마법사였다.

그의 말 한마디에 밥의 기억은 심연 저 깊은 곳으로 빨려들어 갔다가 최면 술사가 원하는 대로 조작될 것이다.

밥은 최면 술사의 손을 타고 뻗어나간 검은 기류를 들이마시곤 이내 그릇된 기억을 갖게 되었다.

"…미국은 인류 제일의 제국이다. 우리가 전 세계를 지배한다."

"옳지. 그런 생각이 올바른 나라를 만들어 나가는 겁니다. 아시겠지요?"

"예."

"자, 그럼 연극을 시작해 볼까요?"

그는 백악관의 비상 대책 회의실로 전화를 걸었다.

따르르르릉!

벨이 채 울리기도 전에 전화가 연결되었다.

─각하!

"여러분, 무사하십니까?!"

―저희들이야 무탈하지요!

바로 그때, 최면 술사가 대통령의 뺨을 후려갈겼다.

짜악!

"으윽!"

―각하!

"…모두 명심하십시오! 코드를 절대로 발설하면 안 됩니다! 나는 차라리 혀를 깨물고 죽을 것입니다! 그러니……"

최면 술사는 대통령의 입에 재갈을 물려 버렸다.

"우우욱!"

"후후, 다들 잘 보셨을 겁니다. 당신들의 국가원수는 감금되었습니다. 만약 이 사람을 살려서 데리고 가고 싶다면 코드를 말하십시오."

―테러리스트와의 협상은 없다!

"아하, 그래요?"

그는 대통령의 허벅지에 총을 갈겼다.

타앙!

"크헉!"

―각하!

"이번에는 허벅지입니다. 하지만 다음번에는 어디를 쏠지 몰라요."

―이런 빌어먹을!

사실 최면으로 인해 몸의 감각이 다 사라져 버렸지만 대통령은 일부러 고통스럽게 몸부림을 친 것이다.

이로써 대통령의 내각들은 단 하나의 판단을 내릴 수밖에 없었다.

―알겠다! 코드를 말하겠다! 대신 각하의 신변을 우리에게 넘겨줄 때, 그때 코드를 건네겠다!

"후후, 탁월한 선택이십니다. 국가원수를 잃는 것보다는 반쪽짜리 코드를 넘겨주시는 것이 좋겠지요."

―시간과 장소를 정해라!

"여기는 남아공입니다. 케이프타운 외곽에서 다시 연락합시다."

―알겠다!

이윽고 전화를 끊은 최면 술사는 대통령의 다리를 치료해 주었다.

스스스스스!

단 한 번의 치유로 상처가 말끔하게 낫자, 대통령은 자신의 와이셔츠를 마구 찢어 붕대를 만들었다.

촤락!

일부러 피를 묻혀 현실감을 극대화시킨 그는 앞으로의 계획에 대해 설명하였다.

"제가 저들의 손에 넘어가게 되면 곧바로 코드를 받아 입력

을 실시하십시오. 대통령의 원격제어 시스템을 이용하면 곧장
수용될 겁니다."

"잘 알겠습니다."

"그럼 가볼까요?"

의연한 표정으로 앞장서는 그를 바라보며 최면 술사가 낮게
웃었다.

"후후, 드디어 우리 천하마술단의 세상이 도래하는구나!"

사상 최고의 정치력과 능력을 겸비한 대통령 밥이 그렇게
파멸을 향해 걸어가고 있었다.

*   *   *

나흘 후, 남아프리카공화국의 수도 케이프타운으로 미 해
군 소속 헬기 전대가 도착하였다.

두두두두두!

현재 남아공 남쪽 해상에 항공모함을 정박시켜 놓은 미 정
부는 CIA부국장 테레사 아슈펠트를 협상가로 파견하였다.

인원 수송용 헬기와 전투 헬기들로 이뤄진 헬기 전대는 협
상이 이뤄질 가건물 인근 50미터 밖에서 대기 중이다.

수송기에서 내려 협상지까지 걸어간 테레사는 다섯 명의 요
원들에게 코드가 담긴 가방을 맡겼다.

그녀는 협상지까지 걸어가는 동안 요원들에게 몇 번이고 유의 사항에 대해 말했다.

"여차하면 가방을 모두 파기할 수 있도록."

"예, 부국장님."

"혹시 내가 죽더라도 각하는 반드시 보호해야 한다. 이것은 미국뿐만이 아니라 전 세계를 위하는 일이야."

"잘 알겠습니다."

그녀는 얼마 전에 열린 정보국장 회의에서 뭔가 좀 석연치 않은 구석이 있다고 느꼈다.

아무래도 이 거대한 흑막이 원하는 것은 각 나라가 자신의 말에 따르는 것이 아니라 달리 원하는 바가 있다는 것이었다.

그것은 현실이 되었다.

'미국의 대통령을 잡아서 뭔가 일을 도모하려는 것이다. 만약 사라진 각 나라의 원수들이 연막으로 사용되었다면 말이 된다. 어쩌면 모든 것이 우리 미국을 노리고 벌어진 일일지도 모른다.'

각 나라의 정보국은 자신의 나라가 입게 될 피해를 생각하여 최대한 조심스럽게 움직이며 주변의 눈치를 살피고 있었다.

이것은 연방과 연맹에 지대한 영향을 끼치고 있었으니, 미국의 CIA조차 대통령이 실종되리란 생각은 아예 하지도 않고 있었다.

그러니까 저들은 자국의 원수가 안전할 것이라는 미국의 뒤통수를 제대로 쳐버린 것이다.

그녀는 이번에 뒤처지면 다시는 승기를 잡을 수 없을 것이라고 생각했다.

'두 번은 없다. 이번 기회가 사라진다면 우리는 테러와의 전쟁에서 승리할 수 없다.'

지금 미국은 대통령을 구조하고 저들의 배후를 철저히 캐내는 데 중점을 두고 있었다.

아마 대통령이 구출되는 즉시 저들의 모든 퇴로를 차단하고 폭격을 감행하게 될 것이 분명했다.

테레사는 약속 장소에 도착하여 위성 전화로 테러범들에게 전화를 걸었다.

─도착하셨습니까?

"그렇다. 각하께선 무사하신가?"

─물론이지요. 물건은 가지고 오셨습니까?

"물론."

─그렇다면 동시에 거래하기로 하지요.

"잠깐, 먼저 각하의 안전을 확인해야겠다."

─후후, 의심이 많은 아가씨군요.

"…당연한 것 아닌가?"

—하긴 들고 보니 그렇군요. 이 상황에서 의심이 들지 않는다면 미친 사람이겠지요?

그는 전화기를 대통령에게로 돌렸다.

—허억, 허억!

"각하!"

—정보국 부국장?

"예, 테레사 아슈펠트입니다."

—…괜히 많은 사람이 피해를 보는군. 지금이라도 자국으로 돌아가게. 어차피 나라를 위해 목숨 걸고자 대통령이 된 것 아닌가? 난 괜찮아.

"그럴 순 없습니다. 저희들은 각하를 반드시 구해낼 겁니다."

—후우, 면목 없군. 이렇게 연약한 대통령이라니.

"아닙니다. 각하보다 강건한 사람은 이 세상에 없을 것입니다."

—고맙네.

이윽고 인질범이 전화를 돌렸다.

—거기서 기다리세요. 금방 내려갈 겁니다.

"알겠다."

그녀는 이제 곧 도착할 인질범을 기다리며 만반의 준비를 마치기로 한다.

"좋아, 이제부터 작전을 시작한다. 모두 작전 태세에 돌입하라.

—라져.

잠시 후, 피투성이가 된 채 다리를 절뚝거리는 대통령과 온통 백금으로 몸을 치장한 남자가 나타났다.

"으윽……"

"힘을 내세요. 이제 당신의 집으로 곧 돌아가게 될 겁니다."

그녀는 생각보다 몸이 먼저 앞으로 나갔다.

"각하!"

그러자 사내의 총구가 대통령의 머리로 올라갔다.

철컥!

"으음, 그러면 안 됩니다. 나를 화나게 하지 말아요."

"…시, 실수했다."

"그래요. 당신이 실수한 겁니다."

"미안하게 되었다. 그러니 인질을……"

"후후, 알겠습니다. 내가 그렇게 속이 좁은 남자는 아니니 걱정할 필요는 없어요."

사내는 대통령을 묶어두었던 밧줄을 풀었다. 그리고 반대로 손을 내밀어 가방을 요구했다.

"자, 이제 교환을 해볼까요?"

"좋다."

그녀는 서류 가방 다섯 개를 합쳐서 사내에게 건넸다.

"받아라."

"고맙군요."

인질과 서류가 교환되려는 찰나, 그녀의 손이 멈칫거렸다.

"잠깐."

"……?"

"하나만 묻지."

"말씀하세요."

"도대체 이런 반쪽짜리 물건을 가지고 뭘 어쩌겠다는 말인가? 이것만으로는 미사일을 발사할 수 없을 텐데?"

"후후, 당연한 소리를. 그 정도 추측은 지나가던 개도 다 할 겁니다."

"그럼 이 반쪽짜리에 무슨 의미가 있다는 것인가?"

"있어요. 우리에겐 있습니다. 당신네들의 크리스마스가 우리에겐 아무런 의미가 없는 것과 같은 것이지요."

"…으음, 그런가?"

"아무튼 즐거운 거래였습니다. 당신네 수장을 데리고 가십시오."

"알겠다."

그녀는 재빨리 대통령을 넘겨받아 경호를 시작하였다.

"각하를 보호하라!"

"예!"

이제 더 이상의 각축은 벌어지지 않을 듯 아주 평화롭게 대통령 일행을 바라보는 사내이다.

그녀는 뭔가 좀 이상하다는 생각이 들었다.

'이 새끼, 도대체 원하는 것이 뭘까?'

지금까지 걸어온 대통령의 행보로 미뤄볼 때 그의 배신은 절대로 있을 수 없는 일이었다.

그렇다면 반쪽짜리 서류로 해킹이라도 하겠다는 것일까?

머리가 복잡해진 그녀가 대통령을 수행하여 다시 베이스캠프로 되돌아가려는 바로 그때였다.

─코드 레드! 코드 레드! 전 군은 비상사태에 돌입한다!

─입감!

순간, 그녀가 눈을 동그랗게 떴다.

"어, 어라?"

"부국장님, 코드 레드입니다! 전 군에 킬체인이 발령되었답니다!"

"이런 빌어먹을?!"

그녀는 몸을 웅크리고 있는 대통령을 바라보았다.

"가, 각하?"

"…큰일이다. 지금 이 상황을 수습하지 못하면 사단이 날 거야!"

"어쩌면 좋습니까?! 그나저나 저들은 도대체 어떻게 코드를 얻어낸 것일까요?"

"지금 그게 중요한가?! 벌어진 일을 수습하는 것이 급선무다!"

"예!"

대통령은 답답하다는 듯이 가슴을 마구 쥐어 팼다.

퍽퍽퍽!

"내가 인질로 잡힌 것이 문제였다! 나만 잡혀가지 않았어도……."

"자책하실 필요 없습니다. 내통자가 있으리라 감히 생각한 사람이 있을까요?"

"마이클은 내가 가장 아끼는 사람이었는데 실망이 크군."

"저 역시 그렇습니다."

그는 덤덤한 표정으로 헬기로 향했다.

"자, 가지."

"예!"

의연한 걸음으로 앞장선 밥은 본래의 늠름한 대통령으로 돌아와 있었다.

하지만 테레사는 이내 표정이 딱딱하게 굳었다.

'…설마하니 대통령이 배신을?!'

분명 그는 얼마 전에 다리에 총을 맞았다. 하지만 지금 그의 걸음걸이는 본래의 아주 의연하고 힘찬 그것과 별반 다를 것이 없었다.

한마디로 그는 지금 총상을 딛고 일어나 정상으로 돌아왔다는 소리다.

제아무리 의지가 군건한 사람이라곤 해도 총을 맞고 저렇게 멀쩡히 걸어 다닐 수 있는 사람은 없을 것이다.

그녀는 조용히 그의 뒤를 따르고 있었지만 지금 이 상황에 대해 대처하지 않을 수 없었다.

테레사는 부하들에게 넌지시 신호를 보냈다.

슥슥, 탁탁탁.

아무도 알아볼 수 없는 수신호로 부하들에게 신호를 보내자, 그들은 흠칫 놀라더니 이내 평정심을 되찾았다.

이럴 때일수록 평정심을 유지하는 것이 중요할 터, 그들은 그것을 너무나도 잘 알고 있었다.

'10분 후에 대통령을 제압하여 백악관으로 끌고 간다.'

'예!'

그녀의 눈이 결연히 빛났다.

*　　　*　　　*

한편, 킬체인의 작동으로 인하여 미군의 전 부대는 수송기와 함대를 이용하여 각 지역에서 신속하게 이동하는 중이다.

이제 곧 중국과 러시아, 인도 등 군사 강국의 중심부로 신의 지팡이가 떨어져 내릴 예정이다.

킬체인이 작동됨과 동시에 발사되는 신의 지팡이는 이미 발사 준비가 끝난 상태였다.

─전 군, 한 시간 안에 해당 지역에서 최대한 멀리 피신할 수 있도록. 반복한다.

위성에서 쏘아 보낸 라디오가 전파되면서 미군의 주둔 병력이 매뉴얼에 따라 먼 해안으로 도망쳤다.

그리고 한 시간 후, 드디어 11발의 신의 지팡이가 군사 강국들을 차례대로 타격하기 시작했다.

─목표 확인, 발사 시작.

퍼엉!

신의 지팡이가 떨어져 내리면서 중국과 러시아 등지에선 마치 운석이 떨어져 내리는 듯한 풍경이 그려졌다.

쐐에에에엥!

하지만 그것은 마하의 속도를 뛰어넘는 텅스텐 재질의 미사일일 뿐이었다.

번쩍!

찰나의 순간, 한차례 섬광이 번쩍이면서 지표면이 무너져 내리기 시작했다.

콰앙!

마치 엿가락 끊어지듯 지표면이 들썩이며 건물과 인명이 무참히 사라져 가기 시작한 것이다.

총 11개 나라의 수도에 떨어져 내린 이 공격은 한차례로 끝나지 않았다.

ㅡ제2번 위성, 타격 준비.

ㅡ준비 완료.

ㅡ발사.

총 다섯 개의 위성이 궤도를 돌며 신의 지팡이를 발사하였는데, 군사 시설과 수도의 중심부를 타격하여 사실상 행정과 군사 제도를 무력화시켜 버렸다.

그러나 킬체인은 여기서 멈추지 않고 계속해서 타격을 이어 나갔다.

ㅡ각 핵잠수함은 발사를 실시하라.

ㅡ라져.

오대양 육대주에 걸쳐 주둔하고 있던 핵잠수함들이 탄도미사일을 발사하였고, 미국 본토에 있던 미사일 발사대 역시 발사를 시작하였다.

슝슝슝!

단 15분, 15분 안에 전 세계 모든 군사 강국의 최대 주둔 지역이 초토화될 것이다.

그러는 동안 미 해군과 공군은 항공모함과 폭격기를 동원하여 나머지 군사 주요 시설을 정밀 폭격하였다.

—여기는 제1 전투비행단, 목표물이 앞에 있다.

—폭격을 허가한다.

—라져.

단 일격만으로 여의도 공원 크기의 지역을 불바다로 만들 수 있는 폭격이 연달아 이어졌다.

쾅쾅쾅쾅!

이 짧은 시간 동안 죽어나간 사람의 숫자는 집계가 불가능하였으며, 더 이상 미국은 국제경찰이 아니었다.

*　　　*　　　*

같은 시각, 한국의 수도방위 사령부에 비상사태가 발령되었다.

위이이이잉!

—화스트 페이스, 화스트 페이스!

각 부대는 주둔지를 떠나 전면전을 준비하기 시작했고, 해안선을 경계하던 부대들 역시 속속들이 병력을 충원하기 시작하였다.

"모두 들으십시오! 소속 부대가 없는 만 18세 이상의 건장

한 남성들은 모두 버스에 탑승하십시오! 다시 한 번 말씀드립니다!"

모병관은 젊은 남성들을 모두 버스에 태워 대전으로 실어 날랐고, 예비군에 속한 사람들과 민방위 대원들을 소집하여 해당 부대로 되돌려 보냈다.

아직까지 신의 지팡이로 수도를 타격당했다는 사실조차 모르고 있던 국민들은 어리둥절할 수밖에 없었다.

"이게 정말 실제 상황이 맞긴 한 건가?"

"글쎄, 요즘은 훈련을 이렇게 실전처럼 하는 건가?"

"그래도 이건 너무 실전 같은데……."

국민들의 불안감이 극에 달해가던 찰나, 믿을 수 없는 일이 벌어졌다.

슝슝슝!

성조기를 단 폭격기들이 서울 시내 한복판을 날아다니며 폭격을 퍼붓기 시작한 것이다.

콰아아아아앙!

"꺄아아아악!"

"사람 살려!"

"모두 지하 방공 시설로 대피하십시오! 군인들을 따라 신속하게 이동하십시오!"

사방에서 건물이 무너져 내려 사람이 깔려 죽거나 포탄에 맞아 불에 타 죽는 광경이 아무렇지 않게 연출되었다.

한마디로 한국은 미국의 폭격으로 인해 아수라장으로 변해 버린 것이다.

이로써 한미 동맹은 깨졌고, 동북아시아의 평화 역시 깨져 버렸다.

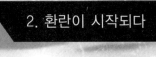

2. 환란이 시작되다

　한차례 폭격이 있은 후, 오대양 육대주의 모든 나라가 전쟁에 돌입하였다.

　미국의 선제공격으로 인하여 한국은 북한과의 전면전에 들어섰고, 일본은 러시아와 중국의 침공을 받았다.

　어쩌면 이것은 불안하던 동북아시아의 갈등이 곪아 터진 것이라고 볼 수도 있었다.

　일이야 어찌 되었든 간에 대한민국은 이제 120만의 정규군을 편성하고 예비군 240만 징집이라는 목표로 전면전을 준비하고 있었다.

한국군은 지금까지 미뤄오던 신무기 보급과 지대지 미사일, 대공 무기 체계를 활성화시키고 남부 해안에 밀집되어 있던 조선소를 풀가동시켜 전투함을 건조하기로 했다.

또한 대한민국의 대기업이 가지고 있는 초대형 공장을 군수 공장으로 전환시키고, 그곳에서 총기와 탄약을 대량으로 제조하기 시작하였다.

자동차 공장은 탱크와 운송 차량을, 식품 가공 공장은 전투식량을, 화학품 공장은 탄약과 포탄을, 가정용품 공장은 군장을 생산하였다.

한마디로 대한민국의 모든 기반이 전쟁을 위해 동원된 것이다.

전쟁이 발발하자마자 대한그룹 역시 기업의 거의 모든 기반을 국가에 헌납하고 전면전에 돌입하였다.

대한그룹의 총수인 태하 역시 천하마술단과의 전투에서 한 발자국 물러나 한국으로 귀국했다가 전면전 소식을 접하였다.

그는 명화방, 정방사신회 인원들과 함께 청와대를 찾았다.

정방사신회는 청와대와도 밀접한 관련이 있기 때문에 작금의 사태를 충분히 설명하고 함께 대처하는 방안을 찾는 것이 급선무였던 것이다.

카퍼데일은 지금 백악관을 찾아갔기 때문에 현재 한국에

남아 있는 명화방의 세력은 태하를 수장으로 따르고 있었다.

대한민국의 대통령 정희만은 태하가 명화방의 수뇌부라는 말을 듣고 적지 않게 놀랐다.

"대한그룹의 총수께서 명화방의 수뇌셨다니 너무나도 의외로군요."

"인연이 닿아서 그리 되었지요."

"아무튼 귀사의 군수물자 동원 부문의 참전은 참으로 감사드립니다."

"저희들이 아무리 글로벌 기업이라곤 해도 대대로 독립운동을 하던 집안입니다. 당연히 참전해야지요."

태하는 명화방과 천하마술단 사이에서 일어난 일에 대해 설명하였다.

벡스코 문화회관에서부터 시작되었던 이 일의 끝에 카미엘이 있고 대통령을 조종한 것도 그의 짓이라고 말했다.

그의 설명을 들은 정희만은 상당히 심각한 표정이 되었다.

"그래요, 이렇게 갑작스러운 중심부 타격은 있을 수 없는 일이라고 생각하긴 했습니다. 하지만 그래도 그 정도의 흑막이 있을 줄이야……."

"지금 북한은 어떤 상태입니까?"

"전 병력을 완전 무장시키고 비무장지대를 지날 준비를 하고 있습니다. 하지만 아시다시피 비무장지대 전체가 지뢰지대라서 쉽사리 보병 부대가 넘어오긴 힘들 것으로 보입니다. 해서 한국군은 현재 대공 포대를 각 지역에 설치하고 삼 개 해역을 모두 방어하고 있습니다."

"첨예한 대치만 이뤄지고 있을 뿐, 아직까지 침공은 하지 않고 있군요."

"지금 저들도 이게 도대체 어떻게 된 상황인지 파악이 힘들 것입니다. 러시아와 중국이 일본으로 함대를 띄운 것 역시 완벽한 침공으로 보이지는 않습니다."

"흐음……."

"아무튼 한미 동맹이 깨져 버렸으니 우리의 전력만으로 북한을 막아야 합니다. 현재 미국을 제외한 모든 세력이 분열하여 동맹을 구성하곤 있지만 과연 동북아의 주요 세력들이 손을 잡을 수 있을지는 미지수군요."

미국의 선제공격으로 인해 전 세계의 모든 세력이 분리되어 이해관계가 폭발하는 실정이었지만 그래도 다행인 것은 아직 대화의 여지는 충분히 남아 있다는 점이다.

정희만은 태하에게 특사의 임무를 부탁했다.

"김태하 회장님 역시 대위 전역을 하신 예비군이기 때문에 참전은 필수입니다. 하지만 대한민국에서 작전을 수행하시는 것보다는 대통령 특사로 임무를 수행하고 천하마술단을 쫓는 것이 급선무라고 생각합니다."

"그리 이해해 주시니 감사합니다."

"회장님께선 대위의 계급으로 대통령 특사에 편제되십시오. 그리고 지금 미국이 벌인 전쟁을 수습하는 데 최선을 다해주십시오."

"잘 알겠습니다."

정희만은 태하에게 대통령을 상징하는 봉황이 그려진 특수 배지를 건넸다.

"받으십시오. 이것을 가지고 있으면 제아무리 육군참모총장이라도 함부로 할 수 없을 겁니다."

"감사합니다."

"저야말로 감사드립니다. 우리나라에 대한그룹이라는 든든한 배경이 있어서 얼마나 다행입니까?"

이제 태하는 카퍼데일과의 협력으로 잘못된 오해를 바로잡게 될 것이다.

그는 명화방을 이끌고 일본으로 향했다.

*　　　*　　　*

미국 워싱턴에 위치한 백악관 대통령 관저로 카퍼데일이 찾아왔다.

그는 현재 벌어진 사태에 대하여 직접 얘기를 듣고 천하마술단에 대해 설명하려 했다.

국무부장관 미쉘 헤링턴은 카퍼데일과 벌써 20년째 안면을 트고 지낸 사이다.

그녀는 카퍼데일에게 이번 사건에 대해 설명하였다.

"아무래도 대통령 각하의 신변에 문제가 생긴 것으로 예상하고 있습니다. 그렇지 않고서야 지금과 같은 사태가 벌어질 수가 없거든요."

"신변에 문제가 생겼다?"

"아마 자백 유도제를 투여했거나 잠자는 동안 무슨 술수를 부렸을 것으로 예상됩니다."

"흐음……."

카퍼데일은 그녀의 말에서 뭔가 이상한 점을 발견하였다.

'…평소와는 너무나도 다르다. 그렇게까지 철두철미하던 그녀가 아니던가? 그런데 대답이 너무 두루뭉술하군.'

20년이 넘도록 그녀를 보아온 카퍼데일은 지금의 이 상황이 전혀 이해가 되지 않았다.

하지만 그런 그의 의아함을 이해시켜 주는 일이 얼마 지나지 않아 발생했다.

그녀는 손톱으로 아주 작게 잔을 두드려 모스부호를 만들어냈다.

툭툭.

일반인은 도저히 애를 써도 들을 수 없지만 무공의 경지가 고강한 카퍼데일은 충분히 알아들을 수 있었다.

그는 미쉘의 손가락이 무슨 소리를 내는지 금방 해석해 냈다.

'감시를 당하고 있어요. 백악관을 나가서 얘기해요.'

카퍼데일은 눈을 한 번 깜빡여 그녀의 요청을 받아들였다.

미쉘은 카퍼데일에게 산책을 제안했다.

"나가서 좀 걸을까요?"

"그럽시다."

그녀와 함께 백악관 정원으로 나온 카퍼데일은 미쉘을 따라오는 네 명의 요원을 바라보았다.

그들은 옆구리에 총을 한 정씩 끼고 있어서 잘못하면 당장에라도 미쉘의 심장을 날려 버릴 기세였다.

카퍼데일은 일단 그녀를 데리고 이곳을 빠져나가는 것이 급선무라고 생각했다.

"미안합니다. 실례 좀 하겠습니다!"

그는 미쉘을 번쩍 안아 들더니 이내 보법을 밟아서 백악관의 담장을 뛰어넘었다.

파바바밧!

순간적인 기지로 위험지역을 벗어난 카퍼데일에게 총알 세례가 쏟아졌다.

"잡아라!"

두두두두두!

그는 검을 뽑아 들어 총알을 내갈기는 요원들을 요절내 버렸다.

"파천신공, 섬!"

스르르륵, 콰앙!

"크허억!"

"저놈, 명화방의 끄나풀이다! 반드시 잡아라!"

네 놈을 제거하고 나니 50명이 넘는 요원들이 쏟아져 나왔다.

그는 더 이상 그녀를 데리고 싸우는 것은 불가능하다고 판단하였다.

"이런, 어서 이곳을 빠져나갑시다!"

"고맙습니다. 저를 구해주셔서."

"별말씀을 다 하시는군요. 우리끼리 감사는 접어둡시다."

"네, 그래요."

전속력으로 그녀를 안고 보법을 밟은 그는 사람의 흔적이 드문 골목으로 들어갔다. 그러곤 벽과 벽 사이를 밟아 허름한 16층 건물 위로 올라갔다.

팟팟!

순식간에 16층까지 오른 그는 미쉘을 내려놓았다.

그녀는 하얗게 질린 얼굴로 안도의 한숨을 내쉬었다.

"…죽을 뻔했어요. 지금 백악관은 제정신이 아닙니다."

"그게 무슨 소리입니까?"

"내각들은 전부 피를 토하며 쓰러졌고, 죽은 사람들이 다시 살아나서 누군가의 꼭두각시 노릇을 하고 있습니다."

"혹시 의식이 없는……."

"아닙니다. 그들은 또렷이 의식이 남아 있었어요. 심지어 자신이 생전에 가지고 있던 지식을 동원하여 충성하는 사람에게 바쳤습니다."

"설마하니 천하마술단이 사람을 되살려 내는 사술을 완성시킨 것인가?"

"제 생각엔 대통령 각하 역시 저들의 손에 죽었다가 되살아난 것이 아닌가 싶어요. 그게 아니라면 지독한 최면에 걸렸거나."

"흐음……."

"아무튼 지금 미국은 전쟁을 멈출 수 없는 상태입니다. 본토에 있는 궤도 미사일을 전부 쏘아낼 예정이며, 전쟁 억제의 역할을 하던 핵탄두와 항모전단 역시 공격을 멈추지 않을 테지요."

"심각한 일이군요. 설마하니 천하마술단의 손아귀에 백악관이 넘어갈 줄이야……."

"제 생각엔 아주 오래전부터 이 일을 꾸미고 있던 것은 아닐까 싶어요."

"그래요. 그렇지 않다면 지금과 같은 일이 일어날 리가 없겠지요."

카퍼데일은 그녀의 안전에 대해 물었다.

"그나저나 당신은 괜찮습니까?"

"저는 괜찮아요. 저들이 국무장관을 얼굴마담으로 내세워 모든 일을 처리하고 있거든요. 아마 제가 없어졌으니 새로운 얼굴마담을 찾고 있겠지요."

"큰일입니다. 이대로라면 전 세계가 공멸의 위기에 봉착할 수도 있겠어요."

"하지만 방법이 없습니다. 지금 미국의 수뇌부들이 전쟁을 멈출 의도가 전혀 없으니 우리로서는 어쩔 도리가 없는 것이지요."

"이런 낭패가 있나."

"유일한 방법이 하나 있다면 지금 백악관을 습격하여 수뇌부들을 전부 사살하고 전쟁을 멈추는 것입니다."

"하지만 수뇌부를 모두 사살하게 되면 전쟁은 누가 지휘합니까?"

"부통령이 지금 버지니아에 계십니다. 그를 끝까지 살려서 전쟁을 억제할 수 있다면 승산은 있어요."

"그렇다면 이렇게 지체할 것 없이 그를 구하러 가면 되겠군요."

그녀는 조금 난감한 표정을 지었다.

"…문제가 하나 있어요."

"문제요?"

"버지니아에 악의 시종이라 말씀하신 생명체들이 창궐했습니다. 버지니아 방위군이 간신히 그들을 막아내곤 있지만 그곳까지 가기가 결코 쉽지가 않을 것 같네요."

"뭐 하나 쉬운 것이 없군요."

"상황이 상황이니만큼 그럴 수밖에요."

카퍼데일은 또 한 번의 여정을 시작하기로 했다.

"명화방의 고수들을 데리고 버지니아로 가겠습니다."

"괜찮으시겠어요?"

"지금으로선 일단 전쟁을 억제하는 것이 급선무입니다. 그러자면 희생이 뒤따를 수밖에 없겠지요."

"고맙습니다. 그리고 미안합니다. 괜히 무거운 짐을 짊어지도록 하는 것은 아닌지 싶네요."

"그런 걱정은 마십시오. 모든 것은 순리대로 잘 풀릴 겁니다."

여정을 결심한 카퍼데일은 속으로 실소를 흘렸다.

'나의 노년도 그리 편하지만은 않구나. 과연 유종의 미를 거

둘 수 있을지 의문이군.'

그는 그렇게 또다시 사지로의 여정을 시작했다.

*   *   *

중국과 러시아의 일본 침공으로 인하여 전 세계 각 나라의 움직임이 활발해지기 시작했다.

영국과 프랑스, 이탈리아 등 유럽연합 국가들은 모두 끈끈한 관계를 유지하며 동맹을 굳건히 하였고, 중동 국가들의 북침에 대비하여 해상 전력을 강화시켰다.

이와 동시에 인도가 동남아시아의 각 국가들과의 동맹을 결성하여 아시아 남부의 맹주로 새롭게 급부상하였다.

또한 남미의 각 국가들은 남미 연합을 구성하고 영연방과의 동맹을 추진하는 중이다.

아프리카의 연합체는 유럽연합과 줄을 대어 유럽, 아프리카 연합을 구상하여 자신들의 살길을 모색하였다.

이로써 미국을 제외한 각 나라들이 하나로 똘똘 뭉쳐 명맥을 유지하기 위한 전쟁을 선포하였다.

이에 미군은 오대양 육대주를 부유하고 있던 핵추진 항모를 급파하여 제3차 공습을 준비하는 모습을 보였다.

유엔은 상임이사국으로서의 책무를 다해달라는 요청을 보

냈으나, 미국이 거절함으로써 유엔과의 사실상 결별이 벌어졌다.

이제는 미국에 대응하기 위한 유엔군이 조직되어 본토를 타격하는 방안까지 거론되는 시점이었다.

더 이상의 협상은 받아들이지 않는 미국에게 유엔의 최후통첩이 이어진 것이다.

그러나 미국의 이러한 국제적 도발은 시작에 불과하였다.

이란과 이라크를 비롯한 중동의 모든 국가들이 미국과의 연합을 결성하고 본격적인 핵무기 투하를 진행하고 있었던 것이다.

특히나 지하 시설에 엄청난 양의 농축우라늄을 보유하고 있던 이란의 핵시설이 급가동하면서 사태가 점점 심각해지기 시작했다.

미 해군의 항모전단은 물론이고 핵 잠수함으로 이란의 핵탄두가 전달되어 3차 공습에는 이전보다 더 많은 핵 공격이 있을 것으로 보였다.

유럽연합은 물론이고 동남아, 남미 연합 등은 유엔군의 구성보다도 먼저 자국의 방어에 총력을 기울였다.

그러나 세계 최강의 군사 강국인 미국의 무차별 폭격을 당해낼 곳은 그리 많지가 않았다.

프랑스의 종군기자 크리스티나는 미국의 폭격이 있을 것으로 보이는 예상 지역을 찾아다니면서 사진을 찍었다.

찰칵찰칵!

그녀는 프랑스 셰르부르 옥트빌 해군기지 앞에 서서 계속해서 셔터를 눌렀다.

언제 폭탄이 떨어질지 모르지만 앞으로 3차 공습이 이어지면 다시는 셰르부르 옥트빌의 해군기지를 볼 수 없을 것 같아서 조금이라도 많은 사진을 찍어두고 있었던 것이다.

그런데 그녀의 이런 행동이 빛을 발하는 시간이 꽤나 빨리 찾아왔다.

쿠그그그그그!

어디선가 비행기 추락하는 소리가 들리더니 이내 저 멀리 해군기지 정면으로 탄도미사일이 떨어져 내렸다.

순간 그녀는 자신의 눈을 의심하였다.

"저, 저것이 바로 대륙간 탄도 미사일?!"

이란을 비롯한 제3세계 국가들에게서 핵탄두를 받았다더니 이렇게나 빨리 공습이 이어질 줄은 상상도 못 한 그녀이다.

카메라만 설치해 두고 자리를 뜨려 하던 그녀는 얼마 전 인터넷으로 구매한 판초 우의를 착용했다.

여기에 방독면과 방진복을 덧대어 입고 귀, 코, 눈을 가린 채 입을 벌렸다.

"아아!"

핵폭탄이 떨어질 때 생겨나는 엄청난 압력으로 인해 안구와 내장이 쏟아질 수도 있으니 기압을 맞추려는 것이다.

하지만 과연 이것만으로 그녀가 살아남을 수 있을지는 의문이었다.

'어차피 기자는 죽어서 사진을 남기는 법. 정면 돌파다!'

지금 인근의 사람들은 군인, 민간인 할 것 없이 모두 차를 타고 최대한 멀리 떠나고 있었지만 그녀는 개의치 않았다.

오로지 특종 하나를 건지기 위해 이곳에 우두커니 서서 셔터를 누르고 있는 것이다.

찰칵!

찰나의 순간, 그녀의 셔터가 눌리는 동시에 핵탄두가 버섯구름을 형성하기 시작했다.

그녀는 재빨리 연사 기능으로 바꾸어 카메라를 돌렸다.

촤라라라라락!

카메라가 허락하는 한 계속해서 셔터를 누르고 있던 그녀의 앞으로 엄청난 빛과 열이 전달되었다.

쿠구구구구궁!

비록 방진복을 입긴 했지만 과연 방사능과 복사열에 피폭되고 난 후에도 멀쩡히 살아 있으리란 보장은 없었다.

그녀는 끝까지 꿋꿋하게 셔터를 잡았다.

"아아아아! 인생은 어차피 한 방이다!"

바로 그때, 그녀의 신형이 서서히 뒤로 넘어가기 시작했다.

콰아아앙!

"크으으으으윽!"

꽤 먼 거리에서 핵폭탄이 터졌지만 그녀의 몸은 후폭풍을 이기지 못하고 날려가 버렸다.

잠시 후, 그녀의 몸이 서서히 녹아 사라지기 시작했다.

"으아아아아악!"

이로써 셰르부르 옥트빌 해군기지의 마지막 모습은 반쯤 녹아버린 그녀의 카메라 안에 고스란히 담겼다.

하지만 앞으로 더 이상 셰르부르 옥트빌의 실제 모습은 볼 수 없게 되어버렸다.

*　　　　*　　　　*

이탈리아 남부에 위치한 파블라토스 가문의 저택 지하실.

이곳에선 여전히 이상행동 증후군의 치료약이 개발 중이었다.

자코모는 마테오에게 필요한 모든 것을 지원해 주고 있었고, 그는 밤낮을 가리지 않고 연구에만 매달렸다.

마테오가 본격적으로 치료약 개발에 매달린 지 한 달쯤 지났을 무렵, 그는 드디어 이상행동 증후군을 치료하는 치료약 개발을 대략 90% 정도 완성하게 되었다.

아직까지는 불완전한 요소들이 많아 투약하는 순간 1/3은 죽어 나자빠지겠지만 그중 2/3는 살아남아 제정신으로 돌아올 수 있게 된다.

한마디로 세 명 중 두 명은 이 약의 효험을 볼 수 있게 된다는 소리였다.

마테오는 이 약을 대량으로 생산할 수 있는 시설이 있는지 알아보고 자코모에게 부자재 확충을 부탁하였다.

"형님, 이제 이것을 대량으로 유포시키기만 하면 모든 것은 끝납니다."

"…드디어 우리 인류가 되살아날 희망의 불씨를 잡은 것이다! 하하, 이제 내년 노벨상은 네가 받게 생겼구나!"

"그런 것은 바라지도 않습니다. 부디 많은 사람이 죽지 않기만을 바랄 뿐이지요."

"그래, 그래! 어찌 되었든 간에 이것들을 세상 사람들에게 모두 나누어 주자꾸나!"

"물론입니다."

자코모가 최측근에게 전화를 걸어 부자재 확충과 생산 시설에 대한 지시를 내렸다.

"접니다. 지금 당장 의학품을 대량으로 생산할 수 있는 시설을 알아봐 주세요. 급합니다."

─알아보기는 하겠습니다만, 지금 대부분의 생산 시설이 파괴되어 더 이상 정상으로 가동되는 곳이 없습니다. 공장을 구하는 일이 결코 쉽지는 않을 겁니다.

"흐음, 그렇군요. 하지만 이것은 반드시 완수해 내야 하는 일입니다. 우리 인류가 생존할 수 있을지 없을지가 결정되는 일이거든요."

─잘 알겠습니다. 하지만 너무 큰 기대는 하지 말아주십시오.

"부탁합니다."

자코모는 총리로서 이탈리아 내부에서 일어난 일에 대해 아주 잘 알고 있었다.

지금 이탈리아 곳곳에 핵탄두가 떨어져 내려 나라에 성한 곳이 없었고 그의 관저 역시 초토화가 된 지 오래였다.

그러나 여기서 포기할 수는 없었다.

계속해서 치료약을 개발한다면 인류가 앞으로도 계속 존립할 수 있다고 판단한 것이다.

그러나 그에게 아주 어처구니없는 일이 벌어지고 말았다.

퍼억!

"끄아아아악!"

"무, 무슨 소리지?!"

화들짝 놀라 실험실의 문을 열고 밖으로 나간 자코모의 앞에 거대한 덩치의 사내가 보인다.

그의 몸은 사람이라고 할 수 없을 정도로 흉측했는데, 차라리 사람이라기보다는 누더기에 가까웠다.

하지만 맨손으로 사람을 찢어 죽이는 그의 완력은 혀를 내두르게 했다.

"이, 이런 미친……?!"

"크하하, 이런 피라미 같은 놈들! 이 가란델 님을 피해서 살 수 있을 것이라고 생각했나?!"

"……."

"일단 네놈부터 죽이고 천천히 네 처자식과 동생을 죽여주겠다!"

가란델은 자코모의 머리를 왼손으로 잡더니 이내 서서히 힘을 주었다.

뚜둑, 뚜두두둑!

"어허어어억!"

자코모의 뇌압이 상승하면서 그의 안구가 돌출되었고, 끝내는 뇌수가 터지면서 사망하고 말았다.

푸하아아악!

마치 수박 쪼개지듯 터져 버린 그의 머리 파편을 가지고 놀며 연신 미소를 짓는 가란델이다.

"큭큭큭, 별것도 아닌 놈이!"

이윽고 가란델은 지하실 안쪽에 있는 실험실로 들어갔다.

쿵쿵쿵!

대지를 울리는 그의 발걸음 소리는 실험실 내부의 집기들이 진동할 정도로 거대했다.

마테오는 화들짝 놀라 그를 바라보았다.

"다, 당신은……?!"

"오랜만이지?"

두 사람은 마테오가 악의 시종에게 물어 뜯겨 죽을 뻔한 시절에 잠깐 스치듯 본 사이였다.

마테오는 그때의 가란델을 악마의 현신이라고 기억했다.

쨍그랑!

손에 들고 있던 집기를 떨어뜨린 마테오에게 가란델이 말했다.

"아마 오늘은 그때처럼 운이 좋아서 살아남을 수 없을 거야. 이번에는 내가 네놈의 대가리를 부셔 버릴 것이거든."

"…도대체 왜 이런 미친 짓을 하는 겁니까?! 당신들도 인간이었을 것 아닙니까?!"

가란델은 실소를 흘렸다.

"훗, 인간? 인간이라고 악하지 않은가? 네놈, 네놈도 지금까지 살면서 인간답지 않은 행동을 몇 번이고 했을 것이다. 하지만 그것을 금세 잊고 지내면서 또 다른 악행을 저지르고 다니지. 그것을 네가 자각하고 있던 그렇지 않던 말이다."

"……"

"자, 그럼 슬슬 죽여볼까?"

그는 마테오의 머리를 왼손으로 잡고 그대로 힘을 주어 부셔 버렸다.

빠악!

사방으로 마테오의 뇌가 쪼개지면서 뇌수가 뿜어져 나왔고, 그는 온몸에 경련을 일으키며 죽어갔다.

가란델은 그를 죽인 후 실험실에 불을 질러 버렸다.

화르르륵, 쩽그랑!

불이 붙자마자 빠르게 타들어가는 실험실에서 나온 가란델은 하늘을 바라보았다.

"…언젠가 이런 하늘을 본 적이 있는 것 같은데. 아닌가?"

누더기인 가란델에게도 전생의 기억이라는 것이 있어서 가끔씩 추억의 파편이 스치곤 했다.

오늘도 그는 뇌가 따끔거리는 느낌을 받았다.

하지만 그 이상도 그 이하도 아닌 그의 기억은 더 이상의 진전이 없었다.

"뭐, 이런 하늘은 골백번이고 더 보았겠지."

그는 이내 자취를 감추었다.

*　　　*　　　*

중국 쓰촨성에 위치한 사천당문의 정원에 당영성이 허망한 표정으로 앉아 있다.

얼마 전에 있던 후위무림맹과 명화방의 싸움을 관망한 그는 자신이 진정 죽었던 사람임을 깨달았다.

"그래, 나는 죽었다. 많은 사람들이 죽는 것을 목격하고 나서야 그것이 또렷하게 기억나는구나."

사람이 죽었다가 살아나면 자신이 죽었던 사실을 잊게 된다.

죽음을 연구하고 망자를 되살리는 일에 일가견이 있는 천월령도 이 현상에 대해선 설명을 할 수가 없었다.

일이야 어찌 되었든 간에 당영성은 자신이 왜 죽었는지 그제야 깨닫게 되었다.

"…무림맹, 그 버러지 같은 놈들이 나를 이렇게 만들었다!"

당영성은 당대 최강의 무공을 가진 명실공히 최고의 고수였지만 주변에 적이 너무나 많았다.

정파와 사파를 가리지 않고 사람들을 무자비하게 죽인 그에겐 숙적과 공적이 넘쳐나서 무림맹에서 그를 사살하여 폐관시켜 버린 것이다.

그를 죽이기 위해 동원된 고수의 숫자만 무려 50명이었고, 그중에는 화경 이상의 고수가 30명이고 현경의 고수도 포함되어 있었다.

당영성을 죽이기 위해 한 달이 넘게 혈투를 벌인 무림맹은 끝내 그를 사살하여 봉인하는 데 성공하였다.

그 이후로 당문 후계가 바뀌어 당영성의 핏줄은 영영 이 세상에서 빛을 보지 못하게 되었다.

무림의 공적이던 당영성의 자식들이 적에게 속수무책으로 죽임을 당해 씨가 남아나질 않은 것이다.

그는 좌선을 하다가 깨달은 자신의 죽음에 대한 복수를 하겠노라 다짐했다.

"후위무림맹이라 했던가? 이런 개자식들, 반쪽짜리 사생아를 앞세워서 나의 장원을 지키게 했겠다? 아주 뼈가 찌릿찌릿하게 저리도록 후회하게 만들어주마!"

그는 검을 뽑아 들었다.

스릉!

당영성은 자신의 곁에 기절해 있는 당진의 목덜미에 검을 가져다 대었다.

그제야 잠에서 깨어난 당진이 그를 바라보며 소리쳤다.

"허, 허억! 살려주십시오! 저는 잘못한 것이 없습니다!"

"반쪽짜리 핏줄 주제에 종가를 지킨다고 떠벌리고 다녔겠다? 더군다나 나의 당문을 독고 가문에게 넘겨주고 두 다리 뻗고 잔 것은 더더욱 용서할 수 없다."

"하, 하지만 그런 조건이 없었다면 지금까지 당문이 살아남을 수 없었을 겁니다!"

"시끄럽다. 그야 내 알 바 아니지."

당영성은 당진의 목덜미에 검을 밀어 넣었다.

푸욱!

그러자 그의 몸이 잔뜩 쪼그라들어 원래의 형체를 알아보기 힘들게 되었다.

독이 그의 살점을 파고 들어가 진기를 모두 빼앗아 남은 것이 없도록 만든 것이다.

당영성은 이제 본격적인 복수를 위해 후위무림맹의 본거지로 향했다.

3. 엇갈린 운명

　이탈리아를 시작으로 155개국에 또다시 핵탄두가 떨어져 내려 이제는 국가의 존립에 지대한 영향을 미칠 지경이 되었다.

　더욱이 휴전선을 중심에 주고 첨예하게 대치 중이던 남한과 북한은 전면전을 중단하고 다시 휴전 상태를 선언하였다.

　지금은 전면전보다는 미국을 막아내고 존립을 이어나가는 것이 중요했던 것이다.

　전쟁이 시작된 지 60여 년, 외부 세력의 개입으로 두 번째 휴전이 선언된 것이다.

설마하니 한미 동맹이 깨져 역으로 남북을 동시에 침공하리라곤 상상조차 못 하고 있었기에 그 파급력은 중국과 러시아까지 미쳤다.

그러나 중국과 러시아는 현재 일본을 선제공격할 준비를 서두르고 있는 데다 자국의 중심부를 미국에게 내어주면서 극심한 혼란을 겪고 있었다.

이로써 동북아시아의 정세가 서서히 정리되면서 각 나라들이 미국을 상대하기 위해 짐을 꾸리는 형국으로 바뀌어가고 있었다.

그러나 오랜 시간 동안 쌓여 있던 오해의 골이 깊어 쉽사리 결사 동맹이 형성되거나 군사가 철수하는 등의 일은 벌어지지 않았다.

태하는 각 나라의 대표들을 찾아다니면서 천하마술단의 악행에 대해 설명하였으나 그래도 전쟁의 불씨는 사라지지 않았다.

다만 휴전이라는 이름 아래 그 위험이 언제라도 폭발할 수 있도록 계속 유지되고 있을 뿐이었다.

카퍼데일은 이런 가운데 미국의 존 테세이라 부통령을 찾아야 한다며 고수들을 모집하겠다고 말했다.

지금의 대통령과 그 내각들은 모두 천하마술단의 꼭두각시가 되어버렸으니 부통령을 데려다가 나라를 안정시키고 내각을 갈아치워야 한다는 것이 그의 의견이었다.

그러나 부통령을 구한다고 해서 카미엘의 천하마술단을 이길 수는 없는 노릇이니 이것은 어쩌면 목숨을 건 도박이 될 수도 있었다.

만약 운이 좋아서 미국의 대통령을 바꿀 수만 있다면 일이 잘 풀릴 테지만 만약 그와 반대라면 끔찍한 결과를 초래하게 될 수도 있다.

카퍼데일은 이 실낱같은 확률에도 목숨을 걸 가치는 있다고 말했다.

"우리가 아니면 인류는 퇴보의 길을 걷게 될 걸세. 이제는 누가 이득을 보고 손해를 보는가의 일이 아니라 존립이 걸린 문제일세."

"흐음."

"물론 부통령을 구하더라도 백악관을 접수하지 못하면 말짱 꽝이라는 사실은 알고 있네. 하지만 해볼 수 있는 데까진 해보는 것이 이치에 맞지 않겠나?"

태하는 그의 의견에 흔쾌히 동의하였다.

"지금까지 죽어나간 동료들을 위해서라도 반드시 해내야 할 일입니다. 전 찬성입니다."

"고맙네, 사제."

"별말씀을요. 당연한 일인데요."

천검진의 동의가 있으니 다른 사람들은 자동적으로 그를 따라가는 형국이 되었다.

카퍼데일은 모두에게 이번 작전의 위험도에 대해서 설명하였다.

"다시 한 번 말하지만 사지를 뚫고 들어가야 하는 일일세. 지구상에서 가장 안전한 북해빙궁으로 가 있으려거든 그렇게들 하시게."

"아닙니다. 두 번의 패배는 용납할 수 없는 일, 절대로 피하지 않겠습니다."

"좋아, 그런 자세라면 언제든 환영일세."

명화 자객단은 카퍼데일과 함께하는 대신 백악관으로의 침투를 담당하겠다며 나섰다.

"방주님께서 허락하신다면 저희들이 백악관으로 잠입하여 대통령과 내각을 모두 쓸어버리겠습니다."

"할 수 있겠나? 만약 성공한다고 해도 암살 이후엔 목숨을 버려야 할 거야."

"대를 위해 소를 희생하는 것은 당연한 일입니다."

"으음."

"윤허해 주시지요."

고민하는 카퍼데일에게 태하가 말했다.

"저도 함께 가겠습니다."

"자네가 백악관에?"

"저에겐 귀영보가 있습니다. 자객단주만큼은 아니더라도 저역시 암살에는 자신이 있습니다."

"하지만 그곳은 사지일세."

"잘 압니다. 하지만 버지니아도 사지 아닙니까? 지금 이 상황에서 안전한 곳은 없습니다."

카퍼데일은 이내 결단을 내렸다.

"알겠네. 그럼 천검진과 명화 자객단은 백악관으로 잠입하기로 하고 나머지 인원은 버지니아로 향하세."

"예, 방주님!"

명화방의 병력이 버지니아로 향했다.

*   *   *

태하가 버지니아로 향하는 동안 정방사신회의 병력 역시 명화방의 고수들과 합류하였다.

그중에서 현무단이 태하와 함께 버지니아로 잠입하여 백악관을 점령하기로 했다.

현무단주 신철희는 50명의 현무단원을 이끌고 백악관 지하수로에서 만나자는 전언을 보내왔다.

태하는 명화 자객단의 인원 30명과 함께 현무단주 신철희와 조우하였다.

그들은 태하와 명화 자객단을 아주 반갑게 맞이하였다.

"어서 오십시오. 기다리고 있었습니다."

"여기서 다시 전우들의 얼굴을 보니 좋습니다만, 오늘 이후에도 이렇게 반갑게 만나서 인사를 나눌 수 있을지 모르겠습니다."

"하하, 그거야 지나봐야 아는 일이지요."

신철희는 태하에게 백악관의 지도를 보여주며 오늘 작전의 개요에 대해 설명하였다.

"우리가 점령할 목표는 두 개입니다. 한 곳은 대통령 집무실이고 또 한 곳은 백악관 중앙 통제실입니다. 중앙 통제실은 슈퍼컴퓨터 30대가 구비되어 있어 전시에 군을 지휘할 수 있도록 설계되어 있습니다. 아마 지금쯤이면 군의 수뇌부는 물론이고 대통령의 내각들이 모두 다 자리하고 있을 겁니다."

"으음, 그렇다면 대통령은 사살하지 못한다고 해도 최소한 중앙 통제실을 점거하는 것이 좋겠군요."

"그게 바로 이 작전의 핵심이지요."

신철희는 중앙 통제실을 먼저 점거하고 곧바로 병력을 일부 나누어 대통령을 제거하자고 말했다.

"지하 수로를 따라서 지상으로 올라가면 백악관의 옛 벽면이 나옵니다. 백악관은 총 세 번의 리모델링을 거쳤는데, 최근

10년 사이에 벽면을 보수하고 그 안에 있는 내벽까지 함께 보수했지요. 현재의 백악관 벽면 뒤편에는 꽤 넓은 공간이 숨어 있어서 마음먹고 잠입한다면 충분히 승산이 있습니다."

"대단하시군요. 백악관이 리모델링을 했다는 사실까지 알고 계시다니 말입니다."

"저희들이 원래 자질구레한 것까지 수집하기로 유명하지 않습니까? 이럴 때에 유용하게 사용되는군요."

현무단은 이 세상의 모든 지식을 수집하여 데이터베이스로 만들어놓는데, 이것이 현무단이 지상 최강의 정보력을 갖게 되는 원동력이라 할 수 있었다.

덕분에 태하는 맨몸으로 침투해야 하는 부담을 줄일 수 있게 되었다.

신철희는 백악관 바로 아래의 지하 수로에서부터 당장 위로 올라가는 길을 떠날 채비를 서둘렀다.

"어서 움직입시다. 지금이 밤 10시이니 12시까지만 올라가면 됩니다. 10시부터 12시까진 경호원들이 교대하고 식사를 하기 때문에 경계가 다소 느슨하니 시간만 잘 맞추면 일이 쉽게 풀릴 수도 있어요."

"그렇군요."

"모두 저를 따라오세요."

80명의 인원이 발소리 하나 내지 않고 현무단주를 따랐다.

스으윽.

마치 얼음 위를 걸어가듯 아주 천천히 발을 내디딘 태하는 이내 백악관으로 올라가는 사다리 앞에 닿을 수 있었다.

대략 건물 8층 높이의 사다리가 좁고 길게 위로 뻗어 있어 지상과 지하를 연결해 주고 있었다.

태하는 사다리 옆에 있는 배관을 바라보며 물었다.

"이곳에 샤워장이 있는 모양이지요?"

"네, 그렇습니다. 샤워장 바로 옆에는 복도가 하나 있고 그곳을 통하여 밖으로 나가면 취사장과 연결됩니다. 그리고 그곳에서 밖으로 나가면 기역 자로 꺾어지는 골목과 함께 야적장과 창고가 나옵니다. 그 뒤로는 다용도실과 침실, 백악관 중앙 관저로 이어지는 복도가 있지요."

"그렇군요."

"이곳에서 샤워장을 통해 나오면 곧바로 CCTV가 있어요. 그곳은 샤워장과 취사장을 잇는 환풍구인데, 폐쇄 회로가 혹시나 모를 침입에 대비하고 있지요."

"그렇다면 올라가자마자 CCTV부터 어떻게 해야겠군요."

"예, 그렇습니다. CCTV는 한 대뿐이기 때문에 5분에 한 번씩 고개를 돌려 주변을 살핍니다. 그때 사각지대가 생기니 그 틈을 타서 보법을 전개하면 될 것 같네요."

"그래요, 그럼 일단 위로 올라가 봅시다."

"예, 그러시지요."

태하는 가장 먼저 계단을 타고 순식간에 지상까지 올라섰다.

파바바바밧!

그의 신묘한 보법은 계단과 사다리는 물론이고 물과 공기마저도 밟고 다니기 때문에 이깟 8층 높이쯤은 아무것도 아니었다.

태하는 계단 끄트머리에 다리를 걸치고 서서 사람 한 명이 간신히 지나갈 만한 지하 수로 뚜껑을 열었다.

드르륵, 끼익.

일반인은 아예 듣기도 힘들 정도로 작은 마찰음이 들렸다.

태하는 이제 밖으로 고개를 내밀어 CCTV의 위치를 확인했다.

CCTV는 샤워실 내부를 모두 관찰하고 있었는데, 특히나 이곳 지하 수로 입구는 주기적으로 고개가 돌아갔다가 다시 되돌아오는 분기점이라 할 수 있었다.

하지만 CCTV가 하나 놓치고 있는 것이 있었으니 샤워 시설의 물줄기가 전달되는 수조가 시야를 아주 절묘하게 가리고 있다는 점이다.

물론 사람이 몸을 꼿꼿하게 펴면 CCTV에 노출되겠지만 몸을 한껏 웅크리거나 포복으로 지나가면 충분히 노출되지 않을 것 같았다.

"생각보다 허술한 곳이군."

태하는 동료들에게 이 사실을 알렸다.

"포복으로 지나가면 걸리지 않을 것 같습니다. 20명씩 끊어서 이동하시지요."

"그럽시다."

낮은 포복으로 기어 나온 태하는 CCTV의 사각지대만을 찾아다니면서 신속하게 이동하였다.

스스스슷!

그를 따라서 20명이 한 개 조를 이루어 안전하게 샤워실을 빠져나왔다. 그러자 그 앞에는 대략 50미터쯤 되는 복도가 길게 늘어서 있었다.

신철희는 이곳에서부터는 어떻게 이동해야 하는지 설명해 주었다.

"기억 자 골목에 CCTV가 두 대 있고 야적장에는 저격수가 다량 포진하고 있습니다. 아마도 그곳으로 직접 들어가는 것은 무리가 있을 것 같고 취사장을 통하여 중앙 관저로 들어가는 것이 좋겠습니다."

"취사장까진 어떻게 갑니까? CCTV가 있다면서요."

그는 자신의 머리 위를 가리켰다.

"이쪽으로 올라갑시다. 배선을 따라서 움직인다면 CCTV에

발각되지 않을 겁니다. 어차피 취사장에는 CCTV가 없으니 안전할 것이고요."

"좋습니다. 그럼 제가 앞장서지요."

태하는 신철희의 말에 따라 천장을 뜯고 들어가 그 안으로 몸을 욱여넣었다.

꾹, 꾹, 꾹.

옥상의 전기 설비 시설의 공간이 어찌나 협소한지 숨도 제대로 쉬기 힘들 정도였다.

"무슨 일이든 쉬운 것이 없구나."

간신히 천장 위로 올라온 태하는 또다시 낮은 포복으로 옥상을 통과하여 기어가기 시작했다. 그러자 동료들이 그의 뒤를 이어서 줄줄이 낮은 포복으로 따라왔다.

태하는 팔꿈치에 곤충의 시체와 바퀴벌레의 알 등이 걸렸지만 아랑곳하지 않았다.

그렇게 기어가기를 대략 30분쯤 했을까?

휘이이이잉!

"환풍구 아래에 취사장이 있는 것 같습니다."

"좋아요. 환풍구를 뜯고 아래로 내려갑시다."

태하는 한 손가락으로 환풍구를 절단해 버렸다.

츠츠츠, 파앗!

손가락에서 터져 나온 진기의 폭발이 순간적으로 열을 발산하여 환풍구를 뜯어냈다.

태하는 환풍구 뚜껑을 밀어내고 아래로 내려가 보았다.

정갈하게 정리된 스테인리스 집기와 각종 식기 도구들이 각을 맞춰 늘어서 있어 절도가 느껴졌다.

"하다못해 식당까지 각을 잡고 있군. 그래, 괜히 백악관이겠어?"

대통령이 기거하며 의식주를 해결하는 곳이다 보니 식당의 기강 역시 최고로 유지하는 모양이다.

태하는 취사장을 지나 중앙 관저로 이어지는 길목에 들어섰다.

삐비비빅!

그가 살짝 고개를 돌려 복도를 바라보니 슈퍼컴퓨터의 하드웨어 일부분이 밖으로 튀어나와 엄청난 열을 발산하고 있었다.

"후덥지근하군."

이제 이곳을 넘어 안으로 들어가기만 하면 적의 심장부를 타격할 수 있을 것이다.

"거의 다 온 모양입니다. 저곳만 통과하면 되는 것이지요?"

"그렇긴 합니다만, 아마 이곳으로 들어가자마자 저놈들이 총을 내갈겨 우리는 벌집이 되고 말 겁니다. 이곳에서 우회로를 찾는 편이 좋겠어요."

태하는 그에게 양동작전을 제안했다.

"저는 총알이 뚫고 들어올 수 없는 몸입니다. 그러니 제가 정문으로 들어가 시간을 끌 테니 그 틈을 이용하여 모두 우회로에서 돌입하십시오."

"좋습니다. 그럼 천검진 님께서 전방을 교란하는 동안 우리는 슈퍼컴퓨터를 하나 뜯어내고 그 안으로 들어가겠습니다."

"그렇게 하시지요."

태하는 중앙 제어실의 문을 열고 곧바로 그 안으로 들어섰다.

                    *   *   *

백악관 중앙 제어실 안.

이곳엔 의식이 거의 없는 상태로 일에만 전념하고 있는 사람들로 가득 차 있었다.

타다다다닥.

말없이 키보드만 두드리는 그들의 눈동자에는 이미 생기란 찾아볼 수가 없었다.

그런 그들을 가만히 지켜보고 있는 사람은 대통령 경호실

장 체이스너였다.

벌써 일주일이 넘도록 일만 하고 있는 정보 요원 중에서 한 사람이 고된 노동을 버티지 못하고 쓰러졌다.

"으으으……!"

그러자 경호원들은 그녀를 끌고 취사장으로 향했다.

스으으윽!

그녀는 발버둥을 치며 경호원들에게 외쳤다.

"나, 난 괜찮아요! 아직 멀쩡하다고요!"

"……"

"도대체 다들 왜 이래요?! 사람이 아닌 것처럼 구는 이유가 도대체 뭔데요?!"

이미 의식이 없어진 그들은 오로지 단 한 사람, 카미엘이라는 자의 명령만 따를 뿐 그 어떤 이의 말도 듣지 않았다.

그녀는 자신의 팔과 다리를 조여오는 엄청난 압박을 느끼며 죽음을 직감했다.

'이대론 몸이 뜯겨 죽고 말 거야!'

어떻게 해서든 이 엄청난 괴물들에게서 도망쳐야만 개죽음을 면할 수 있을 것 같았다.

바로 그때, 중앙 통제실의 문이 열리며 한 남자가 들어섰다.

철컹!

"이놈들, 이곳에 짱박혀 있었군! 한참을 찾았네!"

"······?"

"아하, 내가 누군지 궁금하지? 그래, 궁금할 거야."

스릉!

그는 장검을 한 자루 뽑아 들었는데, 그 검에서 새빨간 불길이 뿜어져 나왔다.

끼이이이잉!

공기마저 태워 버리는 검을 꽉 쥔 사내가 경호원들에게 일검을 그었다.

촤락!

그러자 경호원들의 몸이 불에 타며 사람 고기 익는 냄새가 진동하기 시작했다.

화르르륵!

"끄에에에에엑!"

"으윽, 이게 사람의 목소리란 말인가?!"

그들이 토해낸 비명은 도저히 사람의 소리라곤 생각할 수 없는 것이었다.

한차례 검을 그은 그의 주변으로 순식간에 몇 개의 신형이 텔레포트하여 떨어져 내렸다.

지잉, 팟!

"천검진?! 이놈이 여기까지 쫓아왔구나!"

"알프스에선 아쉽게도 내가 패배했지만 오늘은 아니다. 네놈들의 목을 모조리 베어주마!"

사내의 손에서 250개의 검이 그림자처럼 쏟아져 나왔다.

촤라라라락!

그 중앙에는 불길이 일렁이는 검과 혹한의 냉기를 뿜어내는 검이 각각 한 자루씩 자리 잡고 있었다.

스룽, 스룽!

사내는 그것을 자신의 마음대로 조종하여 사람들을 베어나갔다.

"천검진, 폭풍일식!"

촤락, 촤락!

마치 검의 폭풍이 일어나듯 어지럽게 떠다니며 사람을 베어나가는 모습이란 가히 압권이라 할 만했다.

그의 검이 스친 자리엔 어김없이 시신이 나뒹굴었고, 그 엄청나던 천하마술단의 마인들이 속수무책으로 죽어나갔다.

"…천만다행이다! 괴물을 제압할 또 다른 괴물이 나타나다니, 이건 신의 계시야!"

그녀는 재빨리 넋을 놓고 있는 동료들의 뺨을 세차게 때렸다.

짜악!

"으윽!"

"정신 차려요! 언제까지 이곳에 앉아 있을 수는 없는 노릇 아닌가요?!"

"어라? 내가 왜 이곳에 앉아 있는 것이지?"

"잘 한번 생각해 봐요! 당신이 왜 여기에 앉아 있는 것인지!"

"아, 맞아! 내가 이곳에 앉아 있는 것은……."

"정신을 차렸으면 어서 가요! 여기서 더 이상 꾸물거릴 시간이 없다고요!"

"그, 그래요!"

대략 40명의 인원이 신속하게 자리에서 일어섰으나 한 사내의 방해로 인해 뜻을 이루지 못하였다.

쿠웅!

육중한 거구의 사내가 걸어 다닐 때마다 주변 집기들이 흔들리며 진동을 일으켰다.

그녀는 이 사람을 어디선가 본 적이 있었다.

"그, 그 괴물이다!"

"크하하! 가란델 님이 납시었다!"

250개의 검을 조종하던 사내는 가란델을 바라보며 실소를 흘렸다.

"어라? 누더기 시체 아니야?"

"…네놈!"

가란델의 얼굴에서 엄청난 분노가 표출되어 나왔다.

스스스스스!

"쿠오오오오오!"

검붉은 오라가 그의 몸을 감싸더니 이내 진한 혈향이 방을 가득 채워 나가기 시작했다.

그녀는 지독한 피 냄새에 자신도 모르게 입을 막았다.

"우, 우우욱!"

"이놈, 또 어디선가 마공을 익혀서 돌아왔구나."

"죽인다! 죽인다!"

"하지만 그따위 마공으로 나를 죽일 수 있을 것 같으냐? 나는 예전의 내가 아니다!"

250개의 검이 하나씩 합쳐지더니 이내 가란델의 주변에 동그랗게 꽂히기 시작했다.

휘리릭, 챙!

"천검진, 귀검!"

바닥에 원처럼 꽂힌 검들은 서로 붉은빛을 주고받으면서 첨예하게 엇갈려 마치 마법진과 같은 형태로 바뀌어 나갔다. 그리고 그 원에서 귀신의 목소리가 들려오기 시작했다.

―히히히히히!

―우헤헤헤헤!

잠시 후, 그 목소리는 거대한 그림자로 모여들어 심해 속 고래와 같은 형상이 되어갔다.

쿠그그그그!

백악관보다 더 큰 그림자 고래의 위용은 감히 인간이 범접할 수준이 아니었다.

"이, 이게 뭐야?!"

"저 사람, 우리 편입니까, 남의 편입니까?!"

"모, 몰라요! 내가 그걸 어떻게 알아요?!"

고래가 가란델을 향해 아가리를 벌렸다.

─크아아아아!

"크흐흐! 그런 잔재주로 이 몸의 털끝 하나 건드릴 수 있겠나?! 어림 반 푼 어치도 없는 소리!"

"미친놈, 귀검에 맞는 것이 어떤 의미인지 아직 모르는 모양이군."

"……?"

"옜다, 한번 맞아봐라!"

사내의 손짓과 함께 그림자 고래가 가란델을 향해 미친 듯이 돌진하기 시작했다.

─쿠오오오오오!

아가리를 벌린 그림자 고래가 가란델을 집어삼키더니 이내 검으로 만들어진 원의 그림자 속으로 들어가 버렸다.

꿀렁!

그림자 속으로 가라앉아 버린 가란델은 두 번 다시 돌아오지 않았고, 그림자 고래 역시 더 이상 모습을 드러내지 않았다.

사내가 가란델을 해치웠을 즈음, 천하마술단원들의 비명과 함께 80명의 괴한들이 들이닥쳤다.

콰앙!

"크허억! 명화방 이 개자식들!"

"후후, 알면서도 당하는 네놈들은 바보인가?"

"오셨습니까?"

"저희들이 좀 늦었지요?"

"아닙니다. 제때 찾아오셨습니다."

사내는 정보 요원들에게 다가와 손을 내밀었다.

"반갑습니다. 명화방입니다."

"며, 명화방?"

"대통령께서 제정신이 아니라고 들었습니다."

"어, 어떻게 그걸……."

"지금은 그걸 따지고 있을 겨를이 없습니다. 한시라도 빨리 대통령과 그 내각을 사살하고 정신이 멀쩡한 부통령을 대통령으로 옹립해야 합니다."

"그러나 부통령께선 지금……."

"알아요, 우리도 상황이 어떤지는 알고 있습니다. 하지만 우리가 최선을 다해서 구출 작전을 펼치고 있으니 한번 기다려

보시죠."

"그래요. 잘 알겠어요."

그는 이제 대통령과 그 내각을 찾아서 사살하는 작전에 대해서 설명했다.

*　　　*　　　*

중앙 통제실을 점령한 태하는 이곳에서 감금된 채 일하고 있던 CIA정보원 40명과 함께 대통령 집무실로 향했다.

예상과는 다르게 중앙 통제실은 가란델 한 명이 지키고 있고 대통령과 그 내각은 집무실에 있는 것 같았다.

태하는 신철희에게 물었다.

"뭔가 좀 이상하지요?"

"그러게 말입니다. 아무래도 저들이 뭔가 꿍꿍이를 벌이고 있는 것 같습니다. 조심하지 않으면 또다시 낭패를 보게 될 것이 뻔합니다."

"도대체 무슨 꿍꿍이가 있는 것일까요?"

신철희는 다시 한 번 백악관의 설계도를 확인했다.

"흐음, 우리가 세운 작전은 완벽합니다. 지금 중앙 통제실을 점령했으니 일이 거의 다 끝났다고 볼 수도 있지요."

"좋아요. 그럼 죽이 되든 밥이 되든 한번 부딪쳐 볼 수밖에요."

태하는 한빙검으로 대통령 집무실 문을 일도양단해 버렸
다.

서걱!

순간, 일행은 위험에 노출되지 않도록 엄폐물을 찾아 숨었
다.

파밧!

가장 먼저 신형을 드러낸 태하는 조심스럽게 집무실 안으
로 들어섰다.

저벅저벅.

태하는 자신의 발을 적시는 핏물 때문에 인상을 찌푸렸
다.

"이, 이건……"

그는 앞뒤 잴 것 없이 집무실 깊숙한 곳으로 들어갔다.

그러자 그의 앞에 처참한 광경이 펼쳐져 있다.

"끄으……!"

"아, 악의 시종?!"

악의 시종들이 대통령과 그 내각들을 모두 죽이고 그 시신
을 파먹고 있는 것이다.

태하는 일장을 출수하여 열 마리의 악의 시종을 모두 정리
했다.

"건곤일식, 파!"

콰앙!

"끼에엑!"

단말마의 비명과 함께 사라진 악의 시종들 틈바구니에서 내무부장관이 손을 뻗었다.

"으으으으……!"

"장관님!"

"쿨럭쿨럭! 부통령이 위험합니다! 어서 버지니아로……."

짧은 몇 마디를 끝으로 그는 사망해 버렸고, 내각들은 더 이상 숨을 쉬지 않았다.

순간 태하는 버지니아로 떠난 원정대가 덫에 걸렸다는 것을 직감하였다.

"현무단주님, 아무래도 일이 잘못된 모양입니다!"

"어서 버지니아로 갑시다!"

천하마술단은 애초에 대통령과 내각을 살려둘 생각이 없었고, 그 휘하의 내각들까지 모두 죽일 생각이었다.

잠시 후, 현무단원 중에서 대외 소식을 담당하는 자가 달려왔다.

"단주님! 큰일입니다!"

"무슨 일인가?"

"미국 상원의원과 하원의원 모두가 악의 시종으로 변하였고

각 주의 주지사들도 모두 죽었답니다!"

"뭐, 뭐라?!"

"지금으로선 정부에서 지휘할 수 있는 사람이 한 명도 남아 있지 않습니다!"

"이놈들, 수뇌부를 모두 다 죽여서 나라의 근간을 흔들 생각입니다!"

"큰일이군요!"

이대로라면 전쟁은 끝나지 않을 것이고, 전 세계는 공멸의 길을 걷고 말 것이다.

대외 소식통은 또 다른 소식도 전하였다.

"지금 레바논과 이란, 소말리아 등지에 있던 비밀 창고에서 핵탄두가 대량으로 쏟아져 나왔답니다. 이제 곧 전 세계 각지에 1,200발이 넘는 핵탄두가 떨어질 겁니다!"

"크기는?"

"15메가톤급입니다!"

"공멸이다. 이대로는 공멸하고 말아."

2차 세계대전 당시 일본 히로시마에 떨어진 원폭이 12킬로톤이었다. 그런데 지금 사용하려는 15메가톤급의 무기는 당시의 원폭보다 1,000배나 강력한 무기라는 소리다.

도대체 그 엄청난 무기를 어떻게 만들어냈는지 알 수는 없지만, 이것이 각 나라에 하나씩만 터져도 회생이 불가능할 것이다.

지금까지는 소형 핵탄두만을 운용하여 폭격하였기 때문에 나라가 망하는 일은 없었지만, 메가톤급 이상의 폭탄이 떨어진다면 나라의 명운을 장담하기가 어려워진다.

태하는 카미엘이 진정으로 원하는 것이 무엇인지 어렴풋이 깨닫게 되었다.

"카미엘은 이 세상의 공멸을 원하고 있는 겁니다. 또한 죽어서 시신이 된 사람들을 되살려 자신만의 세계를 재창조하려는 거고요."

"…무서운 놈이군요!"

"어서 버지니아로 가야 합니다! 부통령을 제때 구하지 못하면 저 핵탄두들이 지구를 쓸어버릴 겁니다!"

"갑시다!"

태하는 정보 요원들에게 말했다.

"들으셨지요? 지금의 상황이 이렇게 돌아가고 있습니다. 이대로 가만히 보고만 있지는 않을 테지요?"

"물론입니다! 정보국을 설득하여 교란작전을 펼쳐야 합니다! 우리가 당신들을 돕겠습니다!"

"서로 도와야 삽니다! 어서 움직이자고요!"

일행은 서로의 영역을 향해 신속하게 달려 나가기 시작했다.

＊　　　＊　　　＊

미국 버지니아 주 방위 사령부가 있는 리치먼드로 엄청난 숫자의 악의 시종들이 모여들고 있었다.

"크아아아아악!"

"끼에에에엑!"

카퍼데일은 이 엄청난 숫자의 악의 시종들을 모두 다 상대할 수 없어 지하 수로로 일단 피신한 상태였다.

그는 사실상 방위 사령부로 들어가는 것은 불가능하다고 판단하였다.

"600만이 넘는 악의 시종들이 도사리고 있다니, 전혀 상상조차 하지 못했는데……."

"이젠 어쩝니까? 아무리 우리의 검술이 저들보다 뛰어나다고 해도 600만이 넘는 악의 시종을 해치울 수는 없는 노릇입니다."

"맞습니다. 더군다나 방위 사령부가 아직 돌파당하지 않았다는 보장이 없질 않습니까?"

"으음."

현재 버지니아 주의 생존자들은 미국의 다른 주로 이동했거나 비행기를 타고 미국을 떠난 상태였다.

한마디로 버지니아의 생존자들은 고수 연합과 주립 방위 사령부 소속 병력이 전부라는 소리였다.

카퍼데일은 이런 절망적인 상황에서도 희망의 끈을 놓지 않았다.

"갑시다."

"…뭐라고요?"

"지하 수로로 들어가든 망망대해를 헤엄쳐서 들어가든 목표를 이뤄야 한다는 소리입니다."

"그렇지만 우린 다 죽을 겁니다."

"만약 우리가 작전에 실패해도 다 죽을 겁니다."

"……."

"행여나 저를 따라온 것이 후회된다면 다시 돌아가시죠. 저희들끼리라도 가겠습니다."

정방사신회의 일원은 고개를 가로저었다.

"무슨 그런 섭섭한 말씀을 하십니까? 우리는 전우입니다. 죽어도 같이 죽습니다."

"후후, 그런 정신이 있기에 여기까지 올 수 있었던 것이지요."

카퍼데일은 지하 수로를 통하여 방위 사령부로 들어가기로 한다.

"천천히 갑시다. 급할수록 돌아가라고 했습니다."

"알겠습니다."

200명의 인원은 천천히 지하 수로를 통해 방위 사령부로 걸어 들어갔다.

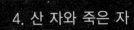
4. 산 자와 죽은 자

방위 사령부 안.

카퍼데일은 팀을 50개로 쪼개어 사령부 안을 조사하기로 했다.

—치익, 방주님, 제1대대가 있던 막사에 도착했습니다.

"상황은 어떤가?"

—피투성이입니다. 사람의 흔적을 찾아볼 수가 없습니다.

"난감하게 되었군."

사령부는 이미 악의 시종들에 의해 점령되어 불이 꺼져 있거나 전등이 모두 점멸 상태에 있었다.

그렇기 때문에 무인 특유의 감각이 없다면 제대로 움직이기 조차 힘든 상황이었다.

저벅저벅.

발소리 하나에도 복도 전체가 울릴 정도로 조용한 이곳에서 사람의 흔적을 찾는 것은 쉽지가 않았다.

카퍼데일은 어두컴컴한 사령부의 중앙 로비로 향했다.

팅팅.

형광등이 깜빡거려 앞을 분간하기가 힘들었다. 하지만 카퍼데일은 기의 흐름을 감지하여 전방을 살필 수 있었다.

"사람은 없고 죄다 시신뿐이군."

"그나마 시신이 있는 것을 보면 악의 시종과 전투를 벌였다는 것을 알 수 있지요."

"그래, 자네의 말이 맞네. 아마도 방위 사령부의 병사들이 적을 상대로 결사 항전을 벌인 것이 아닌가 싶어."

사람의 팔과 다리가 여기저기 널려 있는 이 광경이 썩 보기 좋지는 않았지만 병사들이 생존해 있을 것이라는 희망이 있었다.

잠시 후, 카퍼데일은 중앙 로비의 엘리베이터와 비상계단을 확인해 보았다.

끼이익.

비상계단에는 탄피와 수류탄 안전핀 등이 떨어져 있었다.

"엘리베이터가 잠겨 있으니 이곳으로 도망친 모양이군."

"이곳은 총 18층으로 되어 있으니 아마 중간에 어디로든 숨어들었을 겁니다. 사람의 체력으론 18층까지 단숨에 올라갈 수가 없으니까요."

"탄피를 따라가세. 생존자를 만날 수도 있겠어."

카퍼데일이 비상계단을 타고 올라가려는 바로 그때, 지하에서부터 엄청난 숫자의 발소리가 들려오기 시작했다.

쿵쿵쿵!

"키헥, 키헤에에엑!"

"악의 시종……?!"

"놈들이 지하에 숨어 있던 모양입니다!"

"제기랄, 저놈들부터 죽이고 올라가는 편이 좋겠군!"

"예, 방주님!"

초 씨 일가의 일월궁술이 달려오는 악의 시종들을 향했다.

"빙궁폭풍!"

휘리리리릭!

단 일 수에 50개가 넘는 진기의 화살이 날아가 적을 대량으로 살상하는 빙궁폭풍은 대인원을 상대하는 데 아주 특화되어 있었다.

퍼버버버벅!

"끼헤에엑!"

"역시 초 씨 세가의 궁술은 일품이로군."

"과찬이십니다."

단 일격에 200마리가 넘는 악의 시종이 죽었고, 그 뒤를 이어 초 씨 세가의 화살이 적들을 무차별적으로 학살하였다.

순식간에 500마리의 악의 시종들이 죽어 더 이상의 발소리가 들려오지 않게 되었다.

"자, 이제 위로 올라가도록 하지."

"예, 방주님."

카퍼데일은 중앙 건물에 있는 10개 팀에게 무전을 보냈다.

"각 층의 상황은 어떠한가?"

─악의 시종들이 곳곳에 널려 있습니다. 아무래도 이곳에 상주하고 있던 병사들이 도망치다가 감염된 것이 아닌가 싶습니다.

"흐음……."

─저희들의 생각으론 최상층에 생존자가 있을 확률이 높을 것으로 보입니다.

"내 생각도 그렇다네. 우리 최상층에서 다시 만나세."

─예, 방주님.

카퍼데일은 천천히 계단을 올라 최상층으로 향했다.

*　　　　*　　　　*

버지니아 리치먼드에 도착한 태하는 자신의 예상을 훨씬 뛰어넘는 인파(?)에 화들짝 놀랐다.

지금까지 그가 보아온 악의 시종들은 차라리 귀엽다고 느껴질 정도로 무지막지한 숫자로 방위 사령부를 밀어붙이고 있던 것이다.

"막상 와보니 생각보다 훨씬 더 위험한 곳이군요."

"잘못하면 꼼짝없이 이놈들의 먹이가 될 수도 있겠습니다. 정말 엄청난 숫자로군요."

태하는 정상적인 방법으론 리치먼드 방위 사령부로 들어갈 수 없을 것이라고 생각했다.

그는 전봇대를 바라보며 말했다.

"현재 리치먼드의 전력이 차단된 상태이니 전깃줄을 타고 간다면 충분히 본 건물에 닿을 수 있을 겁니다."

"아하! 그런 방법이……!"

명화 자객단의 보법은 방내 최고이며 현무단 역시 정방사신회에서 가장 보법이 신묘하기 때문에 이 정도는 별것 아닐 터였다.

태하는 가장 먼저 전깃줄을 타고 전봇대 위로 올라섰다.

파바밧!

그는 고지에 올라서 자신의 발아래에 있는 수많은 악의 시종을 바라보았다.

"…정말이지, 엄청나구나."

태하는 바퀴벌레처럼 다닥다닥 붙어 있는 악의 시종들이 뿜어내는 엄청난 열기 때문에 숨을 쉴 수가 없었다.

그것은 다른 사람들 역시 마찬가지, 그나마 전깃줄 위에 올라서 있으니 한결 낫다는 생각이 들었다.

하지만 그 무엇보다 참기 힘든 것은 악의 시종들이 뿜어내는 심각한 악취였다.

"쿨럭, 쿨럭! 이게 도대체 무슨 냄새야?!"

"저놈들은 속이 텅텅 빈 시체입니다. 안에는 고름과 같은 정체불명의 액체가 가득하지요. 아마도 피고름이 썩어서 나는 냄새와 비슷할 겁니다."

"…정말이지, 못 참아주겠군요."

"그래봐야 한 시간입니다. 조금만 참으세요."

현재 태하가 서 있는 곳부터 리치먼드 방위 사령부까지는 꽤 거리가 있기 때문에 금세 목적지까지 갈 수는 없었다.

무려 한 시간이나 걸리는 거리를 걸어도 원하는 곳에 닿을 수 있을지는 아직 미지수다.

하지만 그럼에도 불구하고 계속해서 발걸음을 내딛는 태하와 동료들이다.

휘이이잉!

바람이 불어오면 그 바람을 이겨내며 중심을 잡고 악취의 아지랑이를 넘어서 걸어가는 그들은 지금 고난의 행군을 하는 기분이었다.

그럼에도 불구하고 그 어떤 누구 하나 포기하거나 이 사태를 원망하는 사람은 없었다.

어찌 되었든 간에 이 세상을 구할 수 있는 사람은 몇 명 되지 않기 때문이다.

태하는 길게 일자로 늘어서 있는 전봇대 행렬을 따라서 걸어가다 어느 한 지점을 바라보았다.

"으앙, 으앙!"

"아이……?"

길 한복판에 한 아이가 서 있었는데, 그 주변으로는 악의 시종들이 다가오지 못했다.

그는 고개를 갸웃거렸다.

"이게 도대체 어떻게 된 일이지?"

"악의 시종들이 아이를 피해서 돌아가는군요. 이상한 일입니다. 원래 아이들도 잡아서 악의 시종으로 만들었던 것 아닙니까?"

순간, 그의 뇌리를 스치는 것이 있었다.

"그러고 보니 악의 시종들 중에서 아이들은 본 적이 없습니다. 저렇게 나이가 어린 아이들은 악의 시종으로 변한 적이 한 번도 없던 것 같습니다."

"으음! 어쩌면 저것이 이 위기를 헤쳐 나갈 수 있는 단서가
될 수도 있겠군요."

"일단 아이부터 구합시다. 힌트는 나중에 얻도록 하고요."

"그럽시다."

태하는 전깃줄에서 내려와 아이의 주변에 있는 악의 시종
들을 전부 베어버렸다.

"천검진, 멸!"

콰과과과광!

화열검의 엄청난 위용 앞에 악의 시종들은 속절없이 폭발
하여 사라져 갔다.

한차례 폭격이 이어지고 있을 때쯤, 현무단이 아이를 데리
고 전깃줄 위로 올라갔다.

"다 된 모양이군."

그제야 안심이 된 태하는 그들과 함께 전깃줄 위로 올라왔
다.

태하는 사색이 되어버린 아이에게 물었다.

"아이야, 부모님은 어디로 가시고 너 혼자 남아 있니?"

"…엄마, 아빠는 다 죽었어요. 이상한 아저씨들이 뜯어 먹었
어요."

"저런……"

"너무 무서워서 이상한 아저씨들을 피해서 도망치다 보니 여기까지 왔어요. 아저씨도 사람을 잡아먹어요?"

"다행히도 아저씬 사람을 잡아먹지 않는단다."

"정말 다행이네요."

"아이야, 네가 어떻게 여기까지 왔는지 설명해 주겠니?"

대략 6~7세쯤 되는 듯한 여자아이는 지금까지 자신이 어떻게 살아남았는지 설명해 주었다.

"사람을 잡아먹는 아저씨들은 맛있는 음식들이 옆에 있어도 신경 쓰지 않았어요. 그래서 배달통 안에 있는 피자나 핫도그 같은 것을 먹으면서 여기까지 왔죠."

"힘들지는 않았어?"

"…무서웠어요. 밤마다 엄마가 보고 싶어서 울었어요. 그런데 도와주는 사람이 없었어요."

"고통스러웠겠구나."

"그래도 지금은 착한 아저씨들을 만났으니 다행이죠."

태하는 이제야 좀 안색이 돌아온 아이에게 행선지를 물었다.

"그나저나 넌 어디를 향해 가고 있던 것이니?"

"삼촌이 군인 아저씨인데, 아마도 저 큰 건물에 있겠지요?"

"아아, 삼촌을 만나기 위해서 방위 사령부로 가는 참이었구나."

"······?"

"군인들이 모여 있는 건물 말이야."

"맞아요. 언젠가 삼촌이 커다란 차를 타고 와서 군인들이 사는 멋진 곳을 보여준 적이 있어요."

아무래도 아이는 삼촌이 심어준 추억을 더듬어 생존의 발판을 찾으려 한 모양이다.

현무단과 명화 자객단은 아이가 불쌍하면서도 대단하다며 엄지를 척 하고 들어 올렸다.

"대단하구나. 만약 아저씨 같았다면 결코 시도조차 할 수 없었을 거야."

"맞아. 이 아줌마도 마찬가지야."

"삼촌을 만나면 끝이에요. 우리 삼촌은 정말 힘이 세거든요. 그래서 꾹 참았지요."

"잘했구나."

사실 아이의 삼촌이 생존해 있을 가능성은 그리 많지 않아 보였다.

장교든 부사관이든 사병이든 간에 지금 리치먼드의 모든 병력은 위기에 처해 있기 때문이다.

태하는 일단 아이를 안전한 곳으로 피신시키기로 했다.

"초성희 자객."

"예, 천검진 님."

"자객께서 아이를 맡아주십시오."

"안전지대까지 데려다 놓으면 될까요?"

"예, 그렇게 해주십시오."

"그럼 이곳에서 배를 타고 북해빙궁으로 가겠습니다. 그곳에 우리와 관련된 민간인들이 기거하고 있다고 들었습니다."

"잘 아시는군요."

현재 북해빙궁은 명화방 고수들의 식솔들을 상주시켜 놓은 피난처의 역할을 하고 있었다.

족히 10만 명은 수용할 수 있는 북해빙궁이기에 얼마든지 들어가도 상관이 없었다.

다만 누가 천하마술단의 첩자인지 불분명하기 때문에 그곳으로 들어가는 과정은 꽤 복잡했다.

"북해빙궁에 저의 측근들이 있습니다. 그녀들에게 도움을 청해서 천하마술단의 흔적이 있는지 검사하여 주십시오."

"예, 알겠습니다."

얼음 괴물이나 북해빙궁의 빙령들은 천하마술단의 냄새를 맡기 때문에 그와 관련된 사람들은 무조건 사살하게 되어 있다.

아마 아이가 그들과 관련이 되어 있다면 북해빙궁의 대빙전을 통과하지 못하고 죽을 것이다.

"그럼 저는 지금 당장 출발하겠습니다."

"그래 주십시오."

지금은 한 사람의 손길이라도 필요한 시점이지만 사람의 목숨을 살리는 일보다 중요한 일은 없었다.

아이와 여류 자객이 떠나고 난 뒤 일행은 다시 발걸음을 재촉하기 시작했다.

"갑시다. 우리가 갈 길이 아주 멀어요."

"그러시죠."

태하와 동료들은 다시 자신들의 길을 걸어가기 시작했다.

* * *

카퍼데일은 방위 사령부 최상층에 도달하였으나 생존자를 찾을 수 없었다.

"방주님, 아무래도 이곳에선 부통령을 찾을 수 없겠습니다."

"큰일이군. 이제 발사 시일이 얼마 남지 않았는데 말이야."

잠시 후, 카퍼데일이 서 있는 옥상으로 한 사람의 전음이 들려왔다.

―대사형!

"천검진?!"

순간적으로 고개를 돌려 후방을 바라보니 전깃줄에 매달려 이곳으로 달려오고 있는 태하가 보였다.

카퍼데일은 과연 이 일을 어떻게 전해야 할지 몰라 난감해졌다.

"…사제를 볼 면목이 없군그래."

"하지만 방주님께선 최선을 다하셨습니다. 천검진도 그건 잘 알고 있을 것입니다."

"그래도 마음이 무겁긴 마찬가지구먼."

이윽고 도착한 태하와 명화 자객단이 카퍼데일에게 읍했다.

척!

"방주님을 뵙습니다!"

"다들 고생 많았네."

"다친 곳은 없으십니까?"

"천만다행으로 부상을 입은 사람은 없다네."

"그렇군요."

"백악관으로 갔던 일은 어떻게 되었나?"

"대통령과 그 내각은 이미 다 죽은 상태였습니다. 아무래도 작정하고 수뇌부들을 몰살시킨 것으로 보입니다."

"천하마술단은 이 세상이 공멸하는 것이 목표인 것 같아. 그렇지 않고서야 이런 짓을 벌일 리가 없지 않은가?"

"그러게 말입니다."

"우리는 부통령의 흔적을 찾지 못했네. 아마 앞으로 몇 시간 후면 메가톤급 핵탄두가 여기저기 떨어져 내릴 걸세. 인류는 이대로 공멸할지도 몰라."

"뭔가 방법이 없겠습니까?"

"카미엘을 죽이는 것이 유일한 방법이긴 하지만, 지금으로선 그게 불가능할 것으로 보이지 않나?"

"그건 그렇지요."

"답답한 상황이야. 이러지도 저러지도 못하는 이 상황이 정말 미치도록 싫군."

이들이 한곳에 모여 한숨을 내쉬고 있던 바로 그때, 저 멀리서 엄청난 숫자의 천하마술단원들이 몰려왔다.

쉬이이익!

"플라이!"

하늘을 나는 마법을 사용하여 단숨에 옥상까지 올라온 그들의 앞에는 카미엘이 서 있었다.

그는 여전히 광기로 물든 눈동자로 태하를 바라보았다.

"…여기에 있었군."

"끈질긴 놈들이 아닌가? 아주 끼지 않는 자리가 없네그려."

"악연은 그 고리를 끊어버리기 전엔 없어지지 않는 뫼비우스의 띠와 같다. 네놈도 그걸 모른다고 하지는 않겠지?"

"그래, 정말로 그렇군."

스릉!

검을 뽑아 든 카미엘은 500명이 넘는 천하마술단원들에게 외쳤다.

"이놈들을 잡아 죽이고 저 새파란 애송이 하나만 살려두어라!"

"예, 단주님!"

카미엘은 자신의 검 끝에 가공할 만한 위력의 마력을 응축시켜 태하에게 날렸다.

스스스, 화르르륵!

"헬파이어 스톰!"

태하에게로 날아간 화염의 구체는 이제 소용돌이치는 불길로 변하여 태하의 주변을 불로 물들였다.

고오오오오!

"크윽!"

그는 한빙검으로 만년빙벽을 쳤지만, 심장을 울리는 막대한 마법에 의해 저만치 멀리 나가떨어지고 말았다.

콰앙!

"으허억!"

"천검진!"

"쿨럭, 쿨럭! 대사형, 어서 피하십시오! 이대로는 우리 모두 전멸하고 말 겁니다!"

"하지만 자네를 두고 나 혼자 갈 수는 없지!"

"대의를 생각하십시오! 지금은 사형제지간의 정은 잠시 접어둘 때입니다!"

카퍼데일은 피눈물을 머금고 후퇴를 명령한다.

"…알겠네. 하지만 반드시 살아서 돌아오시게!"

"물론입니다!"

"가자! 후퇴한다!"

"예!"

명화방이 후퇴하는 퇴로에 태하의 일검이 작렬하여 탈출을
도와주었다.

"천검진, 폭풍일식!"

촤좌좌좌좌!

제아무리 대단한 마력을 가진 카미엘이라곤 해도 극성으로
전개하는 폭풍일식을 쉽사리 막아낼 수는 없었다.

덕분에 명화방의 고수들이 도망가는 길을 열게 된 태하는
결사 항전을 각오했다.

"네놈들에게 내 몸이 찢겨 없어지는 한이 있더라도 이 길은
결코 열어줄 수 없다!"

"후후, 어디 그 알량한 영웅 심리가 어디까지 가는지 한번
두고 보겠다!"

카미엘은 자신의 검에 새까만 오라를 일으켜 흑마법의 결
정체인 궁극의 마법 구체를 만들어냈다.

"보이드 어택!"

지나가는 모든 것을 집어삼키는 아공간의 구체는 태하를 향해 오는 길을 전부 무의 상태로 되돌려 놓았다.

슈가가가가각!

그는 저 구체에 몸이 닿는 즉시 목숨을 부지하기 힘들 것임을 직감하였다.

"…빌어먹을 자식! 이런 말도 안 되는 사술을 사용하다니, 애초에 너 같은 놈은 화마에 휩싸여 죽었어야 한다!"

"그 죽음에서 살아남아 네놈들에게 복수를 할 수 있게 되었으니 이 얼마나 값진 일인가?!"

태하는 구체에서 멀리 떨어져 도망 다니면서도 한 가지 의문점이 들었다.

일기에 쓰인 그의 가정은 한없이 평화롭기만 했다. 또한 명화방은 그의 집안에게 피해를 준 일이 없고, 오히려 그 집안을 살려서 최근까지 그 명맥을 유지하도록 해주었다.

그럼에도 불구하고 그가 왜 이렇게 명화방을 싫어하는 것인지 이해가 되지 않는 태하였다.

그는 카미엘에게 물었다.

"카미엘! 한 가지만 묻지!"

"곧 죽을 놈이 궁금한 것이 있나? 흥, 어디 한 번 지껄여 보기나 하거라!"

"네가 명화방을 증오하는 것은 처자식과 양부모님을 처참하게 죽였기 때문이다. 맞나?"

"…그렇다."

"하지만 생각을 해봐라. 도대체 명화방이 너희 가족을 몰살시켰다는 근거가 어디에 있는가?"

"내 머리와 가슴이 또렷하게 기억하고 있다! 네놈들이 저지른 그 화마, 그것은 결코 잊을 수가 없다!"

태하는 고개를 가로저었다.

"뭔가 크게 착각하고 있군. 당시의 명화방주는 뇌종양이 찾아와 거동하기조차 힘든 상황이었다. 그런데 어떻게 장원에 불을 지르고 사람을 죽일 수 있겠나?"

"…뭐라?"

"명화방의 초대 방주이신 천태 공은 뇌에 종양이 생겨 죽었다. 그나마 그 손자이신 천무혁 옹 역시 영국의 공적으로 몰려 해적 신세가 되어 북유럽 해역을 방황하고 다녔다. 그런데 네놈을 죽일 여력이 있었겠나?"

"……"

"잘 생각해 봐. 네 기억의 앞뒤가 맞는지 안 맞는지 말이야."

순간, 카미엘의 눈동자가 흔들리기 시작했다.

"……?!"

"어쩌면 네 머리에 심어져 있는 그 기억은 조작된 것인지도 모른다. 어떤 다른 누군가가 네 기억을 조작하고 혐의를 뒤집어씌운 것일 수도 있어."

카미엘은 세차게 고개를 가로저었다.

"…말도 안 되는 소리다! 나는 똑똑히 보았다! 나를 죽인 놈들의 얼굴을 말이다!"

"하지만 그 얼굴은 그 당시엔 움직일 수 없는 상황이었다."

"그렇다면 누가 감히 나의 기억을 조작할 수 있단 말인가?!"

"생각을 좀 해봐. 네가 기억을 잃고 백치가 되어 생활하게 된 것은 다 무엇 때문인가? 기억의 조작 덕분 아닌가?"

바로 그때, 그의 곁으로 천하마술단의 대모 일레이나가 다가왔다.

"미친놈, 나의 마법을 받아라!"

슈가가가각!

빠르게 돌아가는 마력의 칼날이 태하를 덮쳐왔고, 그는 도저히 두 가지 마법을 피할 엄두를 내지 못했다.

"빌어먹을, 이대로 죽는 것인가?!"

하지만 이변이 일어나 그의 목숨이 연장되었다.

까앙!

"카, 카미엘 님?!"

"저놈의 얘기를 끝까지 들어봐야겠다. 검을 거두어라."

"듣지 마십시오! 저놈의 얘기를 들어봤자 득 될 것이 하나도 없습니다!"

카미엘은 태하에게로 날아간 마법을 부수고 난 후 대모의 곁에 있는 최면 술사를 붙잡았다.

"놈, 나와 함께 가줘야겠다!"

"단주님! 왜 이러십니까?!"

"시끄럽다. 죽기 싫다면 따라오는 것이 좋아."

그는 조금 멍한 표정이 되어버린 태하에게도 말했다.

"네놈도 나의 뒤를 따라라. 알려줄 것이 많을 것이다."

"그래, 알겠다."

일레이나는 입술을 짓깨물었다.

그녀는 검을 들어 카미엘의 목덜미에 가져다 댔다.

척!

"…이게 지금 뭐 하는 짓인가?"

"제아무리 나의 마음을 가져간 당신이라도 조직을 배신한다면 기꺼이 죽이겠어요!"

"배신? 내가 뭘 어쨌기에 배신 운운하는 거지?"

"그, 그건……."

카미엘은 그녀의 검을 손가락으로 살며시 치워냈다.

"치워라. 다시 한 번 나에게 칼을 겨눈다면 결코 용서치 않을 것이다. 그때는 죽음보다 더 고통스러운 나날을 각오하는 것이 좋을 거야."

"……."

카미엘은 두 사람을 보호하며 하늘 높이 날아올랐고, 천하마술단은 그 모습을 가만히 바라보고만 있었다.

"대모님, 이젠 어쩝니까?"

"…저 사람이 없어도 우리의 이상은 실현되어야 한다."

"그럼 핵폭탄을 떨어뜨릴까요?"

"폭격을 실시하라."

"예, 알겠습니다."

부하들에게 공멸을 지시하는 그녀의 눈동자에 촉촉한 이슬이 맺혔다.

*   *   *

리치먼드 해안가 인근의 작은 오두막 안.

카미엘에게 손과 발이 모두 묶여 버린 최면 술사는 그에게 심문을 당하는 중이다.

"…네놈이 나의 기억을 조작한 것인가?"

"……."

"실토하지 않겠다면 죽이겠다."

"이 세상에는 무덤까지 가지고 가야 할 비밀 몇 가지는 있는 법입니다."

"끝까지 입을 열지 않겠다는 것인가?"

태하가 최면 술사에게 물었다.

"카미엘의 기억은 아무나 봉인할 수 있는 것이 아니다. 최소한 그의 기억을 봉인할 수 있을 정도로 엄청난 마력을 가졌거나 그에 필적할 수 있는 최면술을 익히고 있어야 가능하겠지."

"네놈은 카미엘의 기억을 어렵사리 봉인할 수 있는 힘을 가지고 있다. 이 세상에 네놈이 아니고서야 어떻게 카미엘의 기억을 봉인하겠나?"

"……."

카미엘은 그에게 아주 나지막이 물었다.

"천하마술단주의 명령이다. 아마 알고 있을 것이다. 내가 직접 단주의 위를 포기하기 전까지는 내 명령을 따라야 한다는 것을 말이다. 만약 그것을 어기게 된다면 평생 심장을 파먹는 벌레와 동고동락하게 될 것이다."

"…정말 그렇게까지 대모와 척을 져야겠습니까?"

"척을 진다고 해서 달리질 것은 없다. 이 세상에 멸망하는 것은 이제 자명한 사실이다. 나는 그저 진실을 알고 싶을 뿐이다."

"후우, 그렇다면 진실을 알려드리지요. 하지만 저는 지시에 따랐을 뿐 아무런 잘못이 없습니다."

"물론이다. 만약 일이 잘못된다면 내가 단주의 위를 내려놓겠다."

"알겠습니다. 그럼 조작된 기억을 다시 맞춰드리지요."

그는 모든 것을 내려놓고 진실을 말하기 시작했다.

"아마 당신께선 양부모께서 천태의 검에 맞아 죽었다고 생각하실 겁니다. 하지만 사실은 그와 정반대입니다."

"그럼……."

"대모 일레이나의 손에 죽었습니다. 그녀가 시녀장의 얼굴을 얇게 도려낸 후 그것을 얼굴에 뒤집어쓰고 연기를 했지요."

"……."

"사실 천태는 그 당시엔 몸이 너무 좋지 않아서 거동조차 할 수 없는 상황이었습니다. 천무혁은 전쟁에 미쳐서 하루가 멀다 하고 날뛰다가 결국엔 모함을 당해 군에서 나오는 중이었고요. 명화방이 당신의 가족을 해친다는 것은 있을 수도 없는 일이며, 그럴 필요도 없었지요."

"그렇다면 잘 살고 있던 가족들은 왜 죽인 것인가?"

"당신의 씨를 잉태하고 있었잖습니까?"

순간, 그의 표정이 처참하게 일그러진다.

"…내 씨를 가진 것이 뭐 그리 잘못이라고 일가족을 몰살시킨단 말인가?"

"대를 위한 소의 희생은 아무것도 아니라고 생각한 겁니다."

태하는 고개를 가로저었다.

"아니, 그것은 개인적인 원한에 의한 살인이다. 태중의 아이를 가진 안젤라가 미치도록 미웠겠지. 자신은 가질 수 없는 것을 가졌으니 말이야."

"…확실히 그녀가 아이를 가진 것에 대해 격노하긴 했지."

이제 모든 것이 이해되면서 자신이 지금까지 걸어온 길이 너무나도 멍청하게 느껴지는 카미엘이다.

"난 바보다. 복수에 눈이 멀어서 이런 미친 짓을……."

"일이야 어찌 되었든 간에 지금이라도 일을 되돌릴 수 있다. 마음을 고쳐먹는 편이 어떻겠나?"

카미엘은 태하의 목에 검을 겨누었다.

척!

"개소리 집어치워라! 그런다고 내가 네놈의 감언이설에 넘어갈 것 같으냐?!"

"믿기 싫다면 믿지 않아도 좋다. 하지만 바로잡을 것은 바로잡아야 한다."

그는 무척이나 괴로운 듯 머리를 부여잡았다.

"크으으윽!"

"단주님, 이제라도 다시 돌아가시지요."

카미엘은 고개를 가로저었다.

"아니, 이대로 나의 기억을 되돌려다오."

"…그랬다간 울화통이 터져 죽을지도 모릅니다."

"내 소중한 사람은 이미 죽어서 없어졌다. 나는 그 고통을 겪을 필요가 있어."

그는 고개를 끄덕였다.

"알겠습니다. 그리 원하신다면 기억을 되돌려 드리겠습니다."

최면술사는 백금추를 꺼내어 카미엘의 기억을 되돌리는 최면술을 시작하였다.

5. 어긋나 버린 인연

깊은 심연에 숨어 있던 기억이 깨어난 카미엘은 눈물에 젖은 채로 태하를 바라보았다.

"…네놈의 말이 사실이었군."

"나는 언제나 사실만을 말하지."

"우리 가문의 생가가 아직까지 남아 있던가?"

"그렇다."

"…고맙다. 지켜줘서."

"별말씀을. 하지만 이제 곧 그곳 역시 역사상에서 지워지고 말겠지."

카미엘은 그제야 자신이 저지른 행동이 얼마나 그릇된 것인지 깨달았다.

"나 때문에 조상들이 쌓아둔 모든 것이 사라지고 말겠군."

"이제야 깨닫게 된 사실이지만 늦게나마 깨달았다는 것이 어디인가?"

태하는 카미엘에게 방법을 물었다.

"이 모든 것을 되돌릴 수 있는 방법이 있겠나?"

그는 태하에게 단 한 가지 가능성에 대해 설명하였다.

"방법이 아주 없는 것은 아니다."

"말해줄 수 있나?"

"하지만 이게 정말 성공할 수 있을지는 의문이야."

"괜찮아. 지푸라기라도 잡는 심정으로 해볼 수 있는 것은 다 해봐야지."

카미엘은 태하에게 기회의 땅이 될 곳을 지목했다.

"남극으로 가자."

"남극?"

"그곳에 우리가 목숨을 걸어야 할 것이 있다. 만약 내 기대가 현실로 이뤄진다면 이 모든 과오를 바로잡을 수 있겠지."

"도대체 남극에 뭐가 있다는 건가?"

"혹시 내가 이곳에 어떻게 왔는지 궁금하지 않은가?"

"……?"

"나는 시간과 공간을 초월해서 이곳으로 왔다. 남극에는 내가 이곳으로 올 때 그 뒤를 쫓아온 추격자들의 유적이 있어. 그곳이라면 시간을 되돌릴 수 있는 포탈을 만들어낼 수 있을 것이다."

"시간을 역류한다?"

"그래, 시간을 역류하는 것이다. 그것만이 지금의 광기를 막아낼 수 있지. 애초에 나는 엑트린 가문의 일원으로서 살다가 죽는 것이고 천하마술단의 대모인 일레이나는 시골 촌부의 딸로 살다가 평범하게 죽는 거다. 그것을 가능케 하자면 이 방법밖에는 없어."

태하는 그의 말에 따르기로 한다.

"좋아, 어제의 적이 오늘의 동료가 되었다는 것은 쉽사리 납득하기 어렵겠지만 명화방은 대의에 목숨을 걸 것이다."

"고맙군."

카미엘은 태하에게 악수를 건넸다.

"미쳐 버린 나를 바로잡아 주어 고맙다."

"별말씀을. 이 땅을 구해낼 수 있다면 더한 것도 할 것이다."

태하는 이제 명화방의 일원이 모여 있는 북해빙궁으로 향했다.

　　　　*　　　　　*　　　　　*

　러시아 레나 강 중류에 위치한 북해빙궁으로 카미엘과 태
하가 찾아왔다.

　―끼기긱?!

　"괜찮다. 내 동료야."

　얼음 괴물과 빙령들은 카미엘을 적으로 인식하고 죽이려다
가 이내 그 이빨을 거두어들였다.

　카미엘은 북해빙궁의 전경을 바라보며 신기하다는 듯이 물
었다.

　"이런 공간이 실제로 존재할 줄이야. 나는 북해빙궁이 전설
로만 전해져 오는 것인 줄 알았다."

　"예전에는 꽤 강성한 세력을 가진 집단이었다. 명나라가 세
워지면서 멸문지화를 당하긴 했지만 그래도 무림의 절대적인
중립 세력이었지."

　태하는 이런저런 얘기를 주고받으며 카미엘을 대빙전으로
데리고 갔다.

　이미 태하를 기다리며 나와 있던 동료들이 카미엘의 얼굴
을 보곤 경계 섞인 눈빛을 보냈다.

　"정말로 손을 잡았군."

　"저런 작자를 믿어도 되는 겁니까? 앞으로 한두 시간 후엔

메가톤급 폭탄이 떨어져 지구가 멸망할지도 모르는데 말입니다."

카미엘은 직접 자신의 입장에 대해 소명하였다.

"내 기억이 조작되었다. 다들 알겠지만 내가 명화방에게서 받은 충격 때문에 미쳐서 이와 같은 일을 벌인 것이다. 물론 평등한 세상을 만들고자 세상의 종말을 유도하였으나 그것은 어긋난 대의일 뿐이었다. 근본적으론 명화방을 증오하는 마음이 이런 일을 벌어지게 만든 것이지."

"그러니까, 네가 우리를 미워하는 그 기억이 모두 조작된 것이라 말하고 있는 건가?"

"최면 마법을 사용하는 놈에게 기억이 조작되었다. 천하마술단의 대모 일레이나가 사주하여 나를 미친놈으로 만들어 버렸지."

"으음."

"조작된 내 기억 속엔 명화방이 양부모님과 자식을 잉태하고 있던 아내를 불태워 죽였다. 그러니 정신이 나가 있을 수밖에."

그제야 명화방과 정방사신회의 고개가 절로 끄덕여졌다.

"그래, 이 정도 사연이라면 사람이 미쳐서 눈이 돌아갈 수밖에 없겠군."

"그나마 지금은 기억을 되찾아 내가 한 일이 얼마나 잘못된 것인지 뉘우치고 있지만 그때는 달랐다. 사람처럼 생긴 것은 모두 다 죽이고 새로운 세상을 열고 싶었지."

"그런 사연이 있었군."

카미엘은 이제 과거는 덮어두고 새로운 미래를 찾아가야 할 것을 피력하였다.

"우리는 앞으로 나아가야 한다. 하지만 그러자면 먼 과거로 돌아가 모든 것을 바꾸어야 할 필요가 있다."

"사람의 힘으론 시간을 되돌릴 수 없다."

"안다. 하지만 이 세상에 불가능이라는 단어는 애초에 존재하지 않아. 나는 시간과 공간을 뛰어넘었다. 그런 나를 추격해 온 사람들이 있었으니 어쩌면 방법이 있을 수도 있겠지."

태하는 자신의 동료들에게 마지막 희망을 걸어볼 것을 제안했다.

"인류가 멸망한다는 것은 또 다른 국면을 맞이하는 일이지만 최소한 이런 식으로 종말을 맞을 수는 없습니다. 안 그렇습니까?"

"그래요, 확실히 그건 그렇지요."

"해서 저는 여러분에게 남극행을 제안하고 싶습니다."

카미엘은 이들에게 남극의 지하 유적에 대해 설명하였다.

"남극에는 나의 추격자들이 남긴 지하실이 있다. 그곳을 통한다면 충분히 시간을 되돌릴 수 있을 거야."

"그 허허벌판에서 어떻게 유적을 찾는다는 거지?"

"난 그 위치를 이미 알고 있다. 다만 그 입구를 봉인해 두어 쉽사리 찾을 수 없을 뿐이다."

태하의 동료들은 그의 제안을 받아들이기로 했다.

"좋습니다. 천검진 님을 믿고 한번 가봅시다."

"카미엘이라는 사람은 믿기 힘들어도 천검진 님은 믿을 수 있지요."

"모두 감사합니다."

카미엘은 모두를 데리고 남극으로 향할 준비를 서둘렀다.

"그곳은 극한 지대다. 만반의 준비를 하는 것이 좋아."

"알겠다."

태하는 북해빙궁에서 필요한 모든 것을 챙겨 남극으로 향했다.

*　　　*　　　*

미국이 제3세계에 숨겨두었던 핵탄두가 그 모습을 드러내면서 국제 정세는 또 다른 국면을 맞이하게 되었다.

메가톤급 폭탄이 수백 개나 쏟아져 나왔기 때문에 사실상 지구의 공멸은 기정사실화 되고 있었다.

하지만 그럼에도 불구하고 미군은 마치 미친개처럼 멈추지 않고 각 국가들을 무차별적으로 공격하기 시작했다.

위잉, 위잉!

—화생방 경고입니다! 모든 주민은 지하 방공 시설로 대피하십시오! 다시 한 번 말씀드립니다.

지금까지 미군이 떨어뜨린 무기는 소규모 핵탄두였지만 지금의 무기는 차원이 다르다.

히로시마 원폭의 1,000배가 넘는 위력을 가진 메가톤급 핵탄두가 서울과 대전, 부산에 떨어져 내릴 예정이었다.

아마도 대한민국의 거의 모든 기반 시설이 날아가고 영동지방과 전라도, 충청도 일부만 간신히 땅이 남은 형국이 될 것이다.

전 국민이 대피하고 난 후 타이밍 좋게 핵탄두가 떨어져 내렸다.

콰아아앙!

엄청난 섬광과 함께 버섯구름이 대한민국 영토의 주요 시설 3개 지역을 초토화시키기 시작하였다.

슈가가가가각!

복사열과 후폭풍, 지진 등이 온 국토를 휩쓸고 지나가며 폭파 지역 인근 100㎞의 모든 물체와 생명체들을 쓸어 내렸다.

휘이이이잉!

마치 빗자루로 모래사장을 슬슬 쓸어 내리듯 건물이 없어진 땅 위엔 그저 황색 땅만 덩그러니 남아 있었다.

무려 10분도 안 되는 시간 동안 벌어진 일이라곤 전혀 믿을 수 없는 광경이 펼쳐진 것이다.

이제 한국의 수도는 제 기능을 할 수 없게 되었으며, 군사의 주요 시설과 제2 수도가 가동 불능 상태가 되어버렸다.

미처 대피하지 못한 국민 3천만 명이 죽어버렸고, 군인 30만이 먼지로 변해갔다.

하지만 이것은 비단 한국만의 얘기가 아니었다.

일본은 무려 열 발에 달하는 핵탄두에 맞아 온 열도가 불바다로 변해 버렸고, 러시아와 중국에는 각각 90개의 포탄이 떨어져 내렸다.

이제 동북아시아는 재기할 수 있는 기능을 상실하였고, 인도를 비롯한 동남아시아와 유럽, 오세아니아 역시 마찬가지였다.

그나마 남미와 캐나다가 가장 적은 피해를 입었다곤 하지만 그들 역시 사실상 국가의 존립은 어려울 것으로 보였다.

츠츠츠츠!

EMP 충격파가 휩쓸고 지나간 시가지로 하나둘 시민들이 모습을 보이기 시작했다.

"끄, 끝난 것인가?"

"아직 밖으로 나가지는 말아요! 낙진이 떨어질 것이거든요!"

낙진에 대비하여 만들어진 보호 유리 너머로 초토화된 도시의 풍경을 바라보는 시민들의 표정에 허망함이 가득하다.

정말 아무것도 남지 않은 이 땅에서 도대체 어떻게 살아가나 싶은 것이다.

하지만 정말로 무서운 것은 그게 아니었다.

뚜둑, 뚜두둑!

핵폭탄이 휩쓸고 지나간 자리에 있던 시신과 사람의 파편이 점점 모여들더니 이내 악의 시종으로 변하기 시작한 것이다.

—끼에에에엑!

—크아아아악!

"또, 또 시작이다! 그 움직이는 시체들이 다시 되살아나고 있어!"

"모두 방공호로 대피하세요! 문을 잠가야 해요!"

핵폭탄이 휩쓸고 간 자리에 죽은 자들이 다시 살아나 자리를 채워내니 산 사람들은 도저히 지상으로 올라갈 엄두를 내지 못했다.

이제 도시는 악의 시종들에게 뒤덮여 인간이 살 수 있는 곳이 아닌 생지옥으로 변해 버렸다.

*　　　　*　　　　*

핵폭탄이 떨어져 내린 후, 전 세계 155개국에는 죽은 자들이 다시 살아나 산 자들을 위협하는 긴급 상황이 도처에서 벌어졌다.

특히나 세계 최고의 인구를 자랑하던 중국은 꼼짝없이 죽은 자들에게 쫓기는 신세가 되어버렸다.

무려 13억이나 되는 인구에서 9억이 악의 시종으로 변해 버렸으니 다시는 중국에 인류의 흔적이 나타날 리는 없을 것으로 보였다.

낙진이나 방사능 위험 지역이 도처에 널려 있었지만 생존자들은 당장 살아남기 위해 국경을 넘어 히말라야 산맥을 오르거나 두만강을 건넜다.

하지만 그런다고 해서 악의 시종이 도사리고 있지 않은 것은 아니었다.

지금까지 전쟁으로 죽어나간 전사자들이 전부 다 깨어나가는 곳마다 살아 움직이는 시체가 한 가득이었다.

심지어 지하 시설에서도 죽어 있던 자들이 깨어나 사실상 이 땅 위에 안전지대는 모두 다 사라져 버렸다.

그나마 북해빙궁은 진기와 도력진의 영향으로 죽은 자들이 되살아나지 않고 있었다.

이제 군대는 각 나라의 전 국토에서 동원할 수 있는 무기와 탄약을 전부 다 챙겨 방공호를 짓고 농성하는 정책 노선을 취하였다.

더 이상 군대는 밖으로 나가 작전을 수행할 수 있는 여건을 잃어버린 셈이다.

대한민국의 육군참모총장 이필선은 현재 핵폭탄이 투하되지 않은 지역에 모두 성채를 짓고 그곳에서 농성하면서 생존자를 수용할 수 있도록 지시하였다.

그나마 대한민국 곳곳에 생존에 필요한 물자가 남아 있었으며 몇 개의 공장이 남아 있어 주요 지역만 잘 지킨다면 생존이 아예 불가능한 것은 아니었다.

영동지방으로 집결한 보병들은 이제 동해안을 잇는 동해대로를 수복하고 중부 고속도로를 되찾을 계획을 세웠다.

이곳을 수복한 후에 도로마다 성채를 쌓으면 군수 사령부가 있는 대전, 충남 지역에서 물자를 동원할 수 있기 때문이다.

그 밖에 각 시도로 들어가는 고속도로를 수복하는 작전이 펼쳐졌다.

중부 고속도로 제1 지역을 소탕하는 역할을 맡은 육군 제22사단은 기갑부대와 함께 진군을 시작하였다.

―전방에 적 발견!

―전차 부대는 일제히 사격하여 적을 섬멸할 수 있도록.

—입감!

펑펑, 콰앙!

악의 시종들을 보는 족족 탱크로 쏘고 포탄을 갈겨도 그 숫자는 쉽게 줄어들 생각을 하지 않았다.

어쨌나 그들의 숫자가 많으면 탄약의 숫자가 모자라지 않으면 다행일 정도였다.

그러나 육군은 포기하지 않고 계속해서 중부를 향해 진군을 거듭하였다.

그런 그들의 행군로 옆에 핵폭탄 투하 지역에서 간신히 살아남아 악의 시종 사이를 배회하고 있던 꼬마 아이들이 보였다.

—우리의 진군로에 꼬마들이 있다.

—꼬마?

—아무래도 생존자 같다. 데리고 가는 편이 좋지 않겠나?

—좋다. 하지만 혹시 모르니 철저히 방호 작업을 해둔 후에 움직이자.

—알겠다.

이 난리통에 살아남은 아이들은 거의 패닉 상태로 구조되어 수송용 차량에 탑승하였다.

제 2*사단 6*연대 1대대의 주임원사 최형직은 아이들에게 전투식량을 나누어 주며 사정을 물었다.

"너희들은 어떻게 살아남았니? 부모님은?"

"지하 대피소로 들어가서 함께 숨어 있다가 사람을 잡아먹는 시신들의 습격을 받아 다 죽었어요."

"…안타깝게 되었군."

그나마 천만다행으로 아이들을 건드리지 않았기 때문에 아예 인류의 명맥이 끊어질 리는 없어 보였다.

최형직은 이 아이들을 데리고 부대로 돌아가 일련의 연구를 해볼 필요가 있다고 판단하였다.

그는 아이들을 후방 부대로 후송하였다.

*   *   *

남극으로 향하는 준비는 생각보다 간단하였다.

사람이 먹고 잘 수 있는 특수차량과 추위를 견딜 수 있는 의복과 식량만 준비하면 끝이었다.

핵폭탄의 영향으로 인해 남극의 빙하가 깨져 버렸기에 차량은 필수 요건이었다.

태하는 그룹의 역량을 모두 동원하여 장비를 구하고 탐사에 필요한 인원을 추려냈다.

그중에는 태하의 연인인 안나도 있었지만 카미엘의 반대로 동행이 무산되었다.

"그곳은 마기로 만들어진 사람은 들어갈 수가 없다. 나 역시 밖에서 이들을 기다리면서 상황을 관망하게 될 것이다."

"하지만 그러다가 일이 잘못되어 다 죽으면요? 전 그럼 다신 태하 씨를 볼 수 없다고요."

"알아. 하지만 대의를 위해서 사랑은 잠시만 참아줘."

만약 이전의 카미엘이었다면 사랑이고 뭐고 다 필요 없다고 윽박을 질렀겠지만 지금은 달랐다.

그녀의 마음을 충분히 이해하고 다독일 줄 아는 사람이 된 것이다.

탐사단은 태하와 카미엘, 그리고 라일라와 명화방의 고수 20명으로 꾸려졌다.

눈밭은 물론이고 빙하, 물 위를 부유할 수 있는 궤도 차량 넉 대를 앞세운 탐사대가 떠날 채비를 마쳤다.

그는 차마 멀어지는 태하를 보낼 수 없다는 듯이 우는 그녀를 바라본다.

"흑흑……."

"울지 마세요. 그러면 내가 대의를 이룰 수 없잖아요."

"미안해요. 다시는 울지 않을게요."

"이곳에 있으면서 내 가족과 친구들을 잘 지켜줘요. 내가 믿을 사람은 당신뿐입니다."

"고마워요. 나를 믿어줘서."

안나와의 짧은 인사를 마치고 나니 라일라가 출발 준비가 끝났다는 신호를 보냈다.

비행기 엔진이 예열되어 있어 당장에라도 이륙할 수 있는 상태가 된 것이다.

"가시지요."

"그래, 가자고."

이제 태하는 비행기를 타고 반대편 남극으로 향했다.

*　　　*　　　*

남극대륙 북부 지역, 이곳에 명화방의 베이스캠프가 차려졌다.

현재 지구의 지형은 핵폭발로 인하여 꽤 많이 변해 있었는데, 특히나 남극의 지형은 폭발 전과는 판이하게 달라져 있었다.

때문에 카미엘이 당시의 지형을 아무리 빠삭하게 외우고 있었다곤 해도 쉽사리 그 장소를 다시 찾아가는 것은 불가능했다.

라일라는 3차원 복원 기술을 통하여 고대유적의 후보지 네 곳을 선정하였다.

"오차 범위 4% 내외입니다. 네 곳 중 하나가 유적이라고 보면 됩니다."

"흐음, 그렇지만 너무 중구난방이군. 찾는 데 시간이 꽤 걸리겠는데?"

"어쩔 수 없습니다. 지금 우리가 가진 기술력으론 이게 한계입니다."

미항공우주국의 협조가 있다면 모를까, 지금 태하의 일행이 가진 프로그램으로는 25퍼센트의 확률로 후보를 선정할 수밖에 없었다.

그러나 유적지를 찾아낼 수 있는 가능성이 있다는 것만으로도 충분히 힘이 될 것이다.

일행은 궤도 차량을 타고 본격적으로 남극 탐사를 시작하였다.

휘이이이잉!

궤도 차량이 지나가는 곳마다 엄청난 눈보라가 몰아치고 있었는데, 벌써 나흘째 해가 뜨지 않고 있었다.

아무래도 핵폭발이 연달아 일어나면서 기상과 일기에 지대한 영향을 미친 것이 틀림없었다.

"해가 뜨지 않는군."

"아마 지구의 자전축이 흔들렸거나 내핵에 문제가 생긴 것 같습니다. 아쉽게도 제가 지질학이나 기상학에 조예가 깊지 않아서 자세한 것은 알아낼 수가 없군요."

카미엘은 그녀의 말에 고개를 끄덕여 동조해 주었다.

"내가 지금까지 살아오면서 쌓은 지식이 그리 깊지는 않지만 지질학과 기상학에 약간의 조예가 있다. 지금 이 아가씨의 말이 맞아. 자전축이 흔들린 것 같아."

"그럼 앞으로 어떤 일이 벌어질까?"

"아마도 해가 뜨지 않으니 지구에 빙하기가 찾아오겠지. 어처구니없는 말이지만 핵폭탄에 맞아서 지구가 이 지경이 되었지만 지금 지구를 구할 수 있는 방법도 핵 밖에는 없어."

"핵 발전으로 전기를 생산해 낼 수밖에 없다는 뜻이군."

"그렇지 않으면 인류는 빙하기를 맞아 멸망하고 말 것이다."

카미엘은 동료들에게 이런 설명을 하면서도 상당히 괴로워하는 모습을 보였다.

"…내가 미친놈이었지. 저런 최면술에 사로잡혀 이따위 말도 안 되는 일을 저지르다니 말이야."

"지금이라도 알았으면 됐다. 앞으로가 중요한 것이지 과거는 중요하지 않아."

"……"

태하는 내비게이션에 나온 첫 번째 지점에 거의 다 도착했다는 신호음을 들었다.

―전방 50미터 앞에 목적지입니다.

"50미터 앞에 목적지가 있다는데, 어디에 유적이 있다는 거지?"

"유적은 내가 빙하와 마력으로 봉인을 해두었다. 겉모습으론 판단할 수가 없어."

"그렇다면 땅을 파내려 가야 한다는 소리군."

"정답이다."

라일라는 궤도 차량에 붙어 있는 굴착기를 조립하기로 했다.

"채굴 장비가 있습니다. 다 같이 이것을 조립해서 땅을 파내려 간다면 내일 중으로 결과를 볼 수 있겠지요."

"궤도 차량에 별의별 장비가 다 달려 있군."

"명화방의 저력입니다. 그들의 자금력으로 만들어낸 산물이니 당연히 최고의 성능을 자랑하겠지요."

"그렇군."

명화방의 고수들과 정방사신회의 일원이 모두 나와 조립에 참여하였다.

대략 한 시간쯤 조립을 하고 나니 지하 암반을 뚫고 들어갈 수 있는 굴착기가 완성되었다.

"지금부터 천공을 하게 되면 대략 열 시간 후에 목표 지점에 도달한다고 나오는군요."

"그럼 우린 그때까지 뭘 하고 있지?"

"글쎄요. 끝말잇기라도 할까요?"

태하는 실소를 흘렸다.

"자네, 농담이 많이 늘었군."

"사람이 쉽게 변하지 않는다곤 하지만, 저도 인생을 살다 보니 변하는 구석이 있긴 있더군요."

"하여간 이대로 가만히 있기는 좀 뭣하니 다들 들어가서 식사라도 하면서 기다리자고. 술도 한잔하고."

"그러시죠."

태하는 일행을 데리고 궤도 차량 안으로 들어갔다.

*　　　*　　　*

대략 열 시간 후, 결과가 통보되었다.

[목표물을 찾을 수 없음.]

탐사대는 두 번째 목표를 찾기 위해 다시 굴착기를 분해하여 적재하고 이곳을 떠날 준비를 서둘렀다.

하지만 바로 그때, 그들의 예상을 뛰어넘는 기상이변이 일어났다.

휘이이이잉!

"바람이 꽤 날카로운데요? 여기에 눈보라까지 겹치다니."

"이 정도의 블리자드는 흔하지 않아. 아마 이 또한 기상이변 때문에 일어난 현상이겠지."

"앞으로 과연 얼마나 커질까?"

"정밀 장비가 있다고 해도 기상이변은 관측하기가 힘들어. 아마 이 정도 눈보라가 계속된다면 사람은 밖으로 나돌아 다닐 수 없을 거야."

"큰일이군. 장비를 조립해야 하는 것은 사람인데 말이야."

"하지만 그대들은 무인이 아닌가? 무인이라면 간신히 버티고 서 있는 것은 가능할 거야."

"…불행 중 다행인데?"

하늘을 뒤덮은 거대한 먹구름이 벌써 열 시간째 눈보라를 뿜어대고 있었고, 그 눈보라가 엄청난 강풍을 타고 사방을 휘젓고 다녔다.

아마도 이 넓은 남극대륙에서 길을 잃는다면 꼼짝없이 미아가 되어버리고 말 것이다.

해가 뜨지 않아 사방이 칠흑 같은 어둠뿐인 지금 궤도 차량만이 탐사대를 지켜주고 있었다.

라일라는 바람이 불어와도 탐사를 이어나가도록 핸들을 잡았다.

"눈이 온다고 탐사를 접을 수는 없지요. 다음 지역으로 이동하겠습니다."

"뚝심이 있는 아가씨군."

"탐사는 어지간한 의지가 없이는 불가능한 일이니까요."

궤도 차량은 체인에 조금 더 묵직하게 압력을 가하여 눈보라에 굴하지 않고 앞으로 나아갔다.

끼리리릭.

하지만 워낙 눈이 많이 내려서 바로 앞을 분간하기가 힘들었다.

"이제는 GPS에 의존하여 갈 수밖에 없겠습니다. 페달을 밟고 있기는 하지만 단 1미터 앞도 볼 수 없으니 운전을 한다기보다는 그냥 핸들만 돌리는 수준이네요."

"그나마 다행인 것은 이 차량이 수륙양용이라는 점이군. 최소한 바다에 빠져도 죽지는 않을 테니 말이야."

"그래요. 잠수 기능까지 있으니 바다를 유영한다고 해서 죽을 일은 없겠지요."

그야말로 노아의 방주처럼 사람을 살리는 데 최적화된 궤도 차량이야말로 신의 한 수라고 할 만했다.

태하는 여행을 하는 동안 위성 무전기로 다른 지역의 상황을 알아보기로 했다.

치익, 치익!

"여기는 탐사대, 명화방 나오십시오."

―여기는 명화방. 무사하십니까?

"물론입니다. 그쪽은 어떻습니까?"

―장대비가 벌써 나흘 넘게 쏟아져서 도시가 물에 잠겨 버

렸습니다. 마치 쓰나미가 훑고 간 것 같은 느낌이군요.

"으음⋯⋯."

─지금 북해빙궁 쪽은 사람이 밖으로 돌아다닐 수 없을 정도로 춥답니다. 물을 뿌리면 그대로 얼음이 얼어서 눈으로 내린다고 하더군요.

"온 지구가 다 난리군요."

─아프리카에 눈보라가 몰아친다니 말 다 했지요.

"지구의 자전축이 틀어져서 적도의 기후가 바뀐 것이군. 잘못하면 아프리카의 주민들이 다 얼어 죽겠는데?"

─이미 사상자가 꽤 많이 발생했습니다. 세상에서 가장 덥던 지역이 북극보다 더 추워졌으니 사람들이 죽는 것은 당연지사지요.

"⋯⋯."

카미엘은 할 말을 잃은 채 무전기만 멍하니 바라볼 뿐이었다.

넋이 나간 카미엘의 정신을 되돌리기 위해 태하가 재빨리 화제를 전환시켰다.

"천하마술단은 어떻게 하고 있습니까?"

─악의 시종들을 50억 마리나 되살려서 각 도시를 공격하고 있습니다. 그나마 고철과 콘크리트로 만든 임시 옹벽이 있어서 간신히 버티고는 있지만 이미 아프리카나 중동은 초토

화 직전이더군요.

"미군은 여전히 공격 중이고요?"

—그나마 미국이 정신을 차렸습니다. 국무부차관 두 명이 생존하여 백악관으로 돌아와 모든 것을 바로잡았습니다. 덕분에 킬체인 시스템이 멈추고 드디어 자국의 방어와 주변 국가들을 구조하는 활동을 벌이게 되었습니다.

"천만다행이군요."

—아무튼 이쪽은 나름대로 생존해 나가는 중이니 탐사대는 몸조심하시지요.

"알겠습니다. 고맙습니다."

무전을 끊은 태하는 한시라도 빨리 유적을 찾아내야 한다는 것을 절감하였다.

"두 번째 목표 지점이 얼마나 남았지?"

"이곳에서부터 대략 열 시간쯤 걸립니다."

"그래, 쉬지 말고 달리자고."

"예, 보스."

궤도 차량은 맹렬하게 휘몰아치는 눈보라를 뚫고 계속하여 전진하였다.

6. 고대인의 유물

첫 번째 예상 지점에서 대략 500㎞ 떨어진 지점에 있는 두 번째 예상 지점에 도착한 탐사대는 굴착기를 지하로 내렸다.

쿠구구구궁!

여전히 어둠뿐인 이곳에서 들리는 것이라곤 눈보라 몰아치는 소리와 굴착기 돌아가는 소리뿐이다.

탐사대는 목숨을 걸고 굴착기를 조립한 후 궤도 차량으로 돌아와 휴식을 취하는 중이었다.

"으으, 아직도 몸이 떨리네!"

"고생 많으셨습니다."

태하는 대설심법으로 인해 추위를 받으면 오히려 내력이 증진되기 때문에 눈보라가 도리어 반가울 정도였다.

그러나 일반적인 인간의 대사를 가진 사람들은 그와 반대로 극심한 오한과 체력 저하를 경험하고 있었다.

만약 밖에서 단 몇 분이라도 더 서 있었다면 꼼짝없이 저체온증과 탈수증상으로 모두 다 전멸했을지도 모른다.

고수들은 앞으로 두 번이나 더 남은 이 과정을 도대체 어떻게 반복할지 걱정이었다.

"이번 천공에서 유물을 발견했으면 좋겠군요. 다시 밖으로 나갈 생각을 하니 까마득합니다."

"희망을 가져봅시다. 간절히 바라면 이뤄진다고 하지 않습니까?"

과연 태하의 피그말리온 효과가 이곳에서도 과연 효험이 있을지는 조금 더 두고 봐야 알 일이다.

한창 따뜻한 음식을 먹으며 휴식을 취하던 탐사대에게 굴착기의 시스템이 경보를 보내왔다.

삐잉, 삐잉!

[경고!]

태하는 경고의 메시지를 자세히 읽어보았다.

섭씨 80도의 고온수가 용천되고 있습니다. 확인 요망.

"온천이 터진 것인가?"

"온천이요?"

"지구가 통째로 흔들렸으니 이곳에 온천이 터졌다고 해도 이상할 것이 없지요."

"아아!"

"일단 제가 한번 내려가서 확인해 보고 오겠습니다."

"괜찮으시겠습니까? 그렇게 뜨거운 물을……."

"저는 화열심법을 익혔습니다. 마그마에 빠져서 수련을 쌓은 사람이니 섭씨 80도쯤은 아무것도 아닙니다."

"아아, 그렇겠군요."

태하는 궤도 차량의 해치를 열고 밖으로 나가 모락모락 김이 피어나는 구멍으로 다가갔다.

츄르, 츄륵!

마치 펌프로 물을 퍼 올리듯이 자꾸만 구멍으로 물이 차올라 사방으로 고온수가 튀어댔다.

그는 궤도 차량에서 가지고 온 스네이크 캠을 구멍으로 집어넣었다.

"잘 작동하나?"

─예, 잘 보인다.

"이 안에 뭐가 있나?"

─아무래도 암반 아래에 고여 있던 지열 온천이 터진 것 같아. 꽤 깊숙이 자리 잡고 있었을 텐데 핵폭발로 인하여 지층

이 약간 뒤틀린 것 같아.

"이제는 아주 별의별 일이 다 일어나는군."

—아무튼 이곳은 유적지가 아니라는 소리가 되니 어쨌든 간에 수고는 덜어낸 셈이군.

"평소와 같았다면 이곳에서 온천욕을 좀 하다가 가도 좋을 텐데, 아쉽게 되었어."

—시간은 많아. 나중에 다시 되돌아오면 된다.

"그래, 그러자고."

태하는 온천의 윗면을 그대로 놓아둔 채 세 번째 지점으로 이동했다.

＊　　　＊　　　＊

두 번째 지점에서 세 번째 예상 지점으로의 이동은 다섯 시간 남짓 이뤄졌다.

다행히도 눈보라가 조금 멎어서 이동이 용이해졌지만 굴착 기를 조립하는 작업은 여전히 곤욕이었다.

휘이이이잉!

"으윽, 얼굴이 떨어져 나갈 것 같아요!"

"이런, 안면 마스크를 써도 이렇다니… 정말 엄청난 냉풍이 군요!"

코어텍스와 바다표범의 가죽 등으로 만들어진 방한 용품마저 뚫고 들어오는 이 엄청난 추위에 고수들은 비명을 지를 수밖에 없었다.

그나마 다행인 것은 기혈의 흐름으로 인해 동상에 노출될 위험은 없다는 것이다.

이런 강추위에 무려 30분 동안이나 작업을 하고 나니 모두 녹초가 되어 궤도 차량 안으로 돌아갔다.

"으흐, 죽겠군!"

"어서 몸을 녹이세요!"

따뜻한 담요와 수프 등으로 대충 몸을 녹인 고수들은 굴착기로 다시 시선을 집중시켰다.

"자, 그럼 세 번째 천공을 시작하겠습니다."

"…제기랄, 뭐가 되었든 간에 하나만 걸렸으면 좋겠네."

"이번에는 반드시 성과가 있을 겁니다."

잠시 후, 굴착기가 땅을 뚫고 들어가면서 거대한 진동을 일으켰다.

드드드드드!

그런데 이번 천공은 확실히 뭔가 좀 달랐다.

"땅이 너무 심하게 흔들리는데요?"

"마치 지표면에 거대한 나무 합판을 올려놓은 기분이군요. 이 정도 흔들림이라면 기대를 해봐도 좋겠는데요?"

"그러게 말입니다."

탐사대의 기대가 한곳으로 쏠리는 가운데, 그들의 예상을 완전히 벗어나는 일이 벌어졌다.

드륵, 드르르르륵!

"어, 어라? 굴착기가 헛도는데요?"

"뭐지?"

태하는 창밖으로 고개를 내밀어 천공기의 상태를 확인해 보았다.

그는 고개를 내밀었다가 실소를 흘릴 수밖에 없었다.

"⋯유전?"

"유전이요?"

"아무래도 이 아래에 유전이 있는 것 같네요."

"아아!"

"이 안에 석유가 매장되어 있어서 굴착기가 뚫고 들어가다가 멈춘 모양입니다."

"유압 때문에 굴착기가 제대로 들어갈 수 없는 것이군요."

"그렇게 유추할 수는 있겠지만, 정확한 것은 아직 알 수가 없지요."

"그렇다면 이번에도⋯⋯."

"꽝인 것 같네요."

"이런, 평소와 같았으면 만세를 불렀을 텐데 오늘은 실망감이 더 크네요."

"하지만 추후에 이 유전을 개발해서 사용한다면 인류에 큰 도움이 되지 않겠어요?"

"그건 그러네요."

유전 하나가 갖는 가치를 생각해 보면 지금의 이 발견은 꽤 나 값어치 있다고 볼 수 있었다. 그러나 지구의 명운이 걸린 상태에서 유전의 발견은 의미가 별로 없었다.

"카미엘, 이 아래에 유적이 있을 가능성이 있나?"

"없다. 그 안에선 온천이나 석유가 뿜어져 나올 수가 없어."

"그렇다면 이번에도 일이 쉽게 끝난 셈이군."

"곧바로 다음 지역으로 이동하지."

탐사대는 유전의 위치를 위성 지도에 표시해 놓고 다음 지 역으로 이동하였다.

* * *

세 번째 탐사 지역을 벗어나 네 번째 예상 지역으로 가는 길목엔 오색 빛깔의 눈보라가 몰아치고 있었다.

고오오오!

카미엘은 이곳의 눈보라가 이상한 색을 내는 것이 모두 마 력의 영향 때문이라고 설명했다.

"마력이 강하게 응축된 곳은 시공간을 왜곡시키는 마나홀이 생겨난다. 이것은 마나홀이 주변의 기류를 왜곡시켜서 만들어진 일종의 기상이변이야. 아마 오색 빛깔의 눈보라를 인간이 맞으면 썩 좋지 않은 일이 벌어질지도 모른다."

"그럼 어쩌지?"

"조립의 방법은 이미 숙지하고 있으니 나 혼자 해보겠다."

"할 수 있겠어?"

"어차피 절반은 기계가 하는 것이고 나머지는 타이밍에 맞춰 피스만 끼워 넣으면 되는 것 아닌가?"

"뭐, 그건 그렇지."

"나 혼자 내려가겠다. 시간이 꽤 오래 걸리겠지만 사람이 더 죽는 것보다는 훨씬 낫겠지."

카미엘 역시 흑마법의 영향으로 인해 추위를 타지 않기 때문에 혹한에 노출된다고 해서 문제될 것은 없었다.

태하는 혼자서 행동하려는 카미엘을 따라나서기로 했다.

"나도 함께 가지."

"괜찮겠나? 내력의 소모가 극심할 텐데."

"혹한은 나의 내력을 증강시키는 요소이다. 눈보라로 내력을 충당하면 괜찮을 거야."

"으음, 그렇다면 굳이 말리지는 않겠다. 한시라도 빨리 유적을 발견하면 좋은 일이니까."

"좋아, 가자고."

두 사람은 천공 장비를 설치하는 데 필요한 연장들을 챙겨 아래로 내려갔다.

위이이이잉!

막상 눈보라가 몰아치는 곳으로 나오니 공간이 왜곡되면서 생긴 파장이 몸을 압박하기 시작했다.

"크윽!"

"호신강기를 펼쳐라! 그렇지 않으면 꼼짝없이 죽고 말아!"

"알겠다!"

태하는 호신강기를 펼치면서 이곳에서 일어나는 현상들에 주목하였다.

공간의 왜곡은 자연의 진기를 빨아들여 이상한 형태로 재배열시키고 있었는데, 그 원리가 진법과 그리 다르지는 않아 보였다.

"진법과 같군. 다만 이것을 운용하는 방식이 조금 다를 뿐이야."

"그래, 무림의 진법도 이와 비슷하긴 하지. 하지만 마법은 진법과는 엄연히 다르다. 진법은 진기를 응축시킨 진석으로 운용되지만 마법은 주문과 수식으로 이뤄진다. 때문에 운용하는 방식이 다를 수밖에."

"그렇군."

"아무튼 호신강기를 펼치니 서 있을 만한가 보군."

"나의 내력이 아무리 미천해도 이 정도는 거뜬하다고."

"좋아, 그럼 당장 작업을 시작하자고."

카미엘과 태하는 손발을 맞춰 차근차근 천공 장비를 조립하여 세 시간 만에 작업을 마무리하였다.

조립 과정은 그리 어려운 일이 아니었으나 이것이 뚫렸을 때가 문제였다.

"구멍을 뚫게 되면 이 안에서 엄청난 양의 마나가 폭발할 것이다. 아마 반경 50㎞ 안은 초토화가 되겠지."

"그럼 어쩌나?"

"천공을 하는 동안 다른 인원은 100㎞ 이상 떨어져서 대기하고 있는 것이 좋아."

태하는 무전으로 라일라에게 연락을 취했다.

"라일라, 굴착기를 단독으로 돌릴 수 있는 수단이 있나?"

─자가 발전기가 있습니다.

"궤도 차량 본체와 떨어져 운용할 수도 있나?"

─예, 그렇습니다.

"좋아, 그럼 지금 당장 자가 발전기를 설치하고 궤도 차량 본체를 이동시킨다."

그는 라일라에게 전후 사정을 설명하였고, 그녀는 일단 그의 의견에 반대했다.

─안 됩니다. 그랬다가 보스가 잘못되면 우리는 어쩌란 말입니까?

"그럴 일 없어. 핵이 폭발해도 나 한 사람 살아남을 정도의 능력은 되니까."

─그렇지만……

"다른 방법이 없다. 이대로 시간을 더 끌어서 좋을 것은 없잖아?"

─…알겠습니다.

그녀는 궤도 차량에서 자가 발전기를 떼어내고 본체를 움직여 천천히 이동하기 시작했다.

*　　　*　　　*

굴착기가 땅을 파내려가는 동안, 태하와 카미엘은 잠시의 여유를 가질 수 있었다.

상황은 심각하지만 두 사람이 몇 시간의 여유를 부린다고 해서 사태가 더 나빠지는 일은 없기 때문이다.

태하는 북해빙궁에서 가지고 온 이름 모를 술을 카미엘과 나누어 마셨다.

꿀꺽!

"으음, 맛이 좋군. 이런 명주가 어디서 잠을 자고 있었던 것이지?"

"북해빙궁에는 없는 것이 없어. 내가 술에 대한 조예가 얕아서 잘은 모르지만 세상에 있는 모든 술이 전부 그곳에 있을 거야."

"후후, 좋은 사문을 두었군."

"내가 전생에 복이 있었던 모양이야."

"정말 그런 것 같군."

카미엘은 술잔을 비우며 아주 씁쓸하게 말했다.

"자네, 내가 왜 이곳에 왔는지 궁금하지 않나?"

"이 세상에 사연 하나 없는 사람도 있던가? 만약 사연을 얘기해 주겠다면 안주 삼아 듣겠네."

그는 자신의 과거와 이상향에 대해 설명하였다.

"나는 한 사내를 흠모하였다. 그와 나는 비록 원수지간이었지만 그의 이상은 감히 내가 어찌 넘볼 수 없을 정도로 대단한 것이었지."

"으음……."

"그때의 나는 그를 뛰어넘을 수 없었다. 왜냐하면 그는 절대군주로서 전 세계를 통일하고 백성들에게 진정한 평화와 행복을 가져다주었거든."

"힘으로 이상을 실현한 사람인 모양이군."

"그래, 힘이 있고 자신의 이상을 펼칠 수 있는 능력을 가지고 있었지. 하지만 나는 달랐다. 나는 변화가 두려워 그의 이상을 받아들이지 못했어. 그리고 나는 그에게 패배하여 스스로 검을 놓았지."

"그런 사연이……."

"나는 그에게 패배하고 이 지구라는 땅에 낙원을 세우기 위해 모든 것을 버리고 차원을 넘어왔다. 하지만 이곳에서도 나의 이상을 실현시킬 수 없었다."

"지구라는 곳도 그리 썩 살기 좋은 곳은 아니니까."

"후후, 그래. 정말 그런 것 같더군."

카미엘은 자신의 분노를 주체하지 못하고 지구를 멸망으로 내몰았으나 이로써 변하는 것이 있을 것이라 생각했다.

"지구는 지금까지 인류가 과연 무엇을 잘못했는지 알게 되었을 것이다. 욕심은 화를 부르는 법, 인간의 과도한 욕심이 지구를 멸망시킨 거야. 욕심을 버린 지금이야말로 생존을 위한 진면목이 드러나는 것이지."

"이 땅에 아포칼립스가 도래했을 때야말로 인간의 진면목이 다시 드러날 것이라는 어느 학자의 말이 떠오르는군."

"어쩌면 이것은 인류를 다시 보완시키고 새로운 세대를 맞이하게 만드는 시발점이 될지도 모른다. 하지만 분명 방법이 잘못되었어. 시간을 되돌릴 수 있다면 내 목숨을 걸고서라도 잘못을 바로잡고 싶다."

"그래, 그런 생각만으로도 충분해. 이 땅의 모든 것에게 용서 받을 수 있을 거다."

"고맙군."

두 사람이 얼마나 술잔을 비워나갔을까?

끼리리릭!

"천공이 거의 다 끝난 모양이군."

"자, 그럼 슬슬 판도라의 상자를 열어볼까?"

"좋지."

카미엘과 태하는 흔들리는 지층의 표면을 마법과 내력으로 날려 버렸다.

스스, 콰앙!

순간, 엄청난 섬광이 태하와 카미엘을 덮쳐왔다.

끼이이이잉!

"크으으윽!"

"버텨야 한다! 그렇지 않으면 우리 모두 다 죽어버리고 말 거야!"

"…물론이지!"

대지 위의 모든 것을 불태워 버릴 듯이 이글거리던 마력의 폭발은 이내 버섯구름의 형태로 대기권 끝까지 올라갔다.

콰아아앙!

태하와 카미엘은 순간적으로 정신을 잃고 말았다.

　　　　　*　　　　　*　　　　　*

　폭발이 일어난 지 네 시간째, 태하와 카미엘은 가까스로 정신을 차렸다.

　"으음……."

　"죽을 뻔했군. 정말 엄청난 마력의 폭발이었어."

　"다친 곳은 없나?"

　"나는 괜찮다. 자네는?"

　"나 역시."

　구사일생으로 멀쩡하게 살아남은 두 사람은 막혀 있던 구멍을 통하여 유적을 향해 내려갔다.

　밧줄도 없이 맨몸으로 4㎞나 되는 구멍으로 들어간 두 사람은 푸른색 마법진으로 가득 찬 신전과 마주했다.

　마치 파르테논신전과 비슷하게 생긴 고대의 유적은 모든 벽면이 하늘빛 돌로 되어 있었다.

　"이게 바로 말로만 듣던 마정석인가?"

　"그래, 이게 바로 마나의 응축체인 마정석이야. 이것으로 만든 포탈이 있어야만 과거로 되돌아갈 수 있어."

　"으음, 그렇군."

　카미엘은 자신과 태하가 이곳으로 들어온 의의에 대해 설명하였다.

"우리가 이곳을 찾아낸 것은 내 심장을 희생하여 포탈을 열어 시간을 되돌릴 수 있게 되었다는 소리다. 하지만 모든 일이 그렇듯 나 혼자선 이 포탈을 열 수가 없어."

"……?"

"내 희생을 함께 지켜보고 평생 이곳을 지킬 누군가가 필요하다."

"그럼 내가 희생하겠다."

그는 고개를 저었다.

"아니, 자네는 과거로 돌아가 잘못된 것을 바로잡아야 해. 그렇지 못하면 이 모든 것은 말짱 허사가 되지."

"……"

"미안한 얘기이지만 시간이 되돌아가면 어차피 되살아날 사람들이다. 누군가 희생하고 자네를 밀어줄 사람을 찾아야 해."

"흠."

"한 사람은 아주 정결한 진기를 가지고 있어야 하고 한 사람은 마력을 지니고 있어야 해. 두 가지의 기운이 서로 융화되지 않고 자석의 끝부분처럼 계속 대립해야지 만 포탈이 유지될 수 있거든."

"하지만 그런 사람들을 어떻게……."

태하는 그의 말에 쉽사리 대답을 하지 못했으나 그의 무전기는 그렇지 않은 모양이다.

—치익, 여기 지원자가 있습니다.

"어, 어라? 언제 전원이……."

—나 청룡단주 신청림이 희생하겠습니다.

—…나도 희생하겠어요.

청룡단주와 함께 지원한 사람은 바로 안나였다.

"아, 안나?! 당신이 왜……."

—당신만 사지로 내몰 수는 없어요. 나도 당신과 운명을 함께하겠습니다.

카미엘은 두 사람이 이번 임무에 아주 적합하다고 생각했다.

"그래, 한 사람은 선인의 힘을 이어받았다니 최적의 상대라 할 수 있고, 자네의 연인 역시 마력으로 다시 태어났으니 지원한다면 다른 사람보다는 훨씬 나은 임무 수행이 가능할 거야."

"하, 하지만……."

망설이는 태하에게 그녀가 말했다.

—태하 씨, 잘 들어요. 난 죽어서도 당신과 함께할 것이고 다음 생에도 당신을 만날 겁니다. 그러니 너무 슬퍼하지 말아요.

포탈을 구성하는 힘은 마력이나 진기 어느 한쪽이라도 강력한 힘을 가지고 있어야 한다. 그렇게 생각하면 이 두 사람을 제외하곤 적합한 사람은 그지 많지 않을 것이다.

그는 드디어 생각을 굳혔다.

"…좋아요. 당신과 운명을 함께한다니 마음이 아프긴 하군요. 그러나 그 뜻을 꺾지는 않겠습니다."

─이해해 줘서 고마워요.

─자, 그럼 우리가 그쪽으로 가겠습니다. 나머지 인원은 이곳에서 대기하다가 일이 잘 풀리면 다시 본토로 돌아가도록 합시다.

"알겠습니다."

태하와 안나는 진정으로 다시는 만날 수 없는 이별의 길로 들어서게 되었다.

*　　　*　　　*

안나와 신청림이 신전으로 내려왔다.

카미엘은 두 사람의 몸에 마정석으로 만든 팔찌를 채웠다.

철컥!

"이것을 차고 있으면 포탈이 유지되는 동안에 필요한 에너지를 두 사람의 몸에서 충당하게 될 거야. 아마 그렇게 되면 신전의 문은 다시 닫힐 것이고, 두 사람은 평생 밖으로 나갈 수 없게 되겠지. 물론 이곳에선 신진대사가 끊어지지 않도록 마력이 에너지를 대신하게 되니 죽을 일은 없어."

"그래요, 최소한 처참하게 죽는 일은 없을 테니 오히려 잘되었군요."

태하는 안나의 손을 꼭 잡고 있었다.

"…꼭 이래야 할까요?"

"한 사람은 마력을 지니고 있어야 하고 한 사람은 세상에서 가장 깨끗한 진기를 가지고 있어야 한대요. 그러니 우리 두 사람 말고 또 다른 적자가 있을까요? 더군다나 이곳을 나간다고 해서 그 삶이 행복하리란 보장도 없어요. 차라리 난 이곳에서 당신을 그리면서 살게요."

"……"

카미엘은 태하가 하는 일이 이 세상의 모든 것을 뒤바꿀 것이라고 예언했다.

"자네의 행동 하나하나에 이 세상의 세계선이 바뀔 것이야. 그러니 지금의 이 희생도 다 함께 사라지게 되는 셈이지."

"으음……"

"세계선이 바뀌게 되면 포탈과 함께 이 세상이 전부 무너져 내려. 하지만 고통은 없어. 세계선이 복구되는 현상이니까."

그의 한마디에 어깨가 무거워지면서도 실낱같은 희망을 품게 된 태하이다.

"좋아, 내가 제대로만 해준다면 이 세상의 모두가 행복해진다는 소리군."

"최소한 지금보다는 행복하겠지."

"그럼 됐다. 가벼운 마음으로 포탈을 타고 나갈 수 있겠군."

"마음을 갈무리하는 것이 가장 힘든 법이지. 잘 생각했다."

그는 태하에게 다섯 개의 마정석을 건넸다.

"하나는 연대를 측정하는 마정석이다. 이것을 가지고 있어야만 임무를 수행할 수 있을 거야. 그리고 또 하나는 기억을 빼앗아가는 마정석이고 그와 비슷하게 생긴 마정석은 새로운 기억을 심어주는 마정석이다. 아마 내가 자네보다 힘이 약하다곤 하지만 차원의 틈을 넘어왔기 때문에 쉽사리 죽일 수는 없을 거야. 그러니 기억을 개조하는 편이 낫겠어."

"그렇군."

"그리고 또 하나, 자네는 차원의 틈을 넘어가 새로운 땅에 닿자마자 시간의 억류에 걸려야 해. 그래야 시간의 흐름을 역행하여 생기는 괴리에 빠져 공멸하지 않을 테지."

"시간의 억류라……."

"자네는 이제 시간에 구애받지 않는 사람이 되는 거야. 평생을 살겠지만 만약 죽고 싶다면 방법은 있어."

"방법은 말하지 않아도 알 것 같아."

그는 마지막 마정석에 대해 설명했다.

"끝으로 하나 남은 마정석에 대해 설명하지. 이것은 기억의 정수이다. 단 한 번 미래를 볼 수 있으며, 그 기억을 누군가에게 심어줄 수 있지."

"으음."

"이런 말을 하고 싶지는 않지만 일이 잘못되었을 때를 대비하여 가지고 있게. 그때의 나에게 기억을 심어준다면 반드시 방법을 다시 찾을 거야."

"알겠어."

카미엘은 이제 자신의 심장을 터뜨려 포탈을 열기로 했다.

"나는 이제 죽는다. 마지막으로 한마디만 하지."

"말하게."

"만약 자네가 다시 내 아내와 양부모님을 만나게 된다면 사랑한다고 전해주게."

"알겠네."

"그럼 시작하지."

그는 신전의 중앙으로 가서 자신의 심장에 마정석으로 만들어진 검을 찔러 넣었다.

퍼억!

그러자 엄청난 마력이 응축되었다가 폭발하며 포탈이 열렸다.

지이이이이잉!

"끄아아아악!"

카미엘은 포탈과 함께 사라져 버렸고, 그녀들은 포탈이 열린 충격으로 정신을 잃어버렸다.

태하는 안나에게 홀로 작별 인사를 고했다.

"잘 지내요. 인연이 닿는다면 반드시 만나게 될 겁니다. 내가 반드시 그렇게 만들 것이니까요."

태하는 마치 불길처럼 이글거리는 포탈 안으로 몸을 밀어 넣었다.

치지지지지직!

마치 영혼까지 불태울 것처럼 이글거리는 포탈 안으로 빨려 들어 간 태하는 육신의 그릇을 벗었다.

―크으으윽!

극심한 고통이 그의 뇌리를 스친 후, 신체가 입자 단위로 쪼개져 차원의 틈을 통과하였다.

끼이이익!

차원의 틈 중간에는 거대한 아공간이 있었는데, 태하는 그곳에서 다시 재생되어 본래의 몸을 되찾게 되었다.

그는 아공간을 부유하다가 일순간 몰아치는 거센 물줄기에 몸을 맡기게 되었다.

쏴아아아아!

"으으윽!"

이대로 자신의 몸이 어디로 가는지 알 수조차 없는 태하였지만 그가 지금 할 수 있는 것은 아무것도 없었다.

그는 묵묵히 자신의 앞만 보고 달리다가 이내 한 지점에 이르러서 또 한 번 찰나의 고통을 느꼈다.

콩!

"아흑!"

태하는 엉덩방아를 찧었는데, 그 주변으론 살을 에는 듯한 바람이 스쳐 지나가고 있었다.

쐐에에에엥!

그는 곧장 자신의 심장에 시간을 억류시키는 마정석의 칼날을 찔러 넣었다.

푸욱!

"크윽!"

순간, 심장이 뒤틀리면서 태하의 시선이 점점 흐려지기 시작했다. 하지만 그의 시선은 다시 또렷해져서 시간의 흐름에 영향을 받지 않게 되었다.

"됐군."

이제 그는 영원불멸의 육체를 갖게 된 것이다.

7. 과거로

시간을 거슬러 내려온 태하는 연대를 측정하는 마정석을 이용하여 자신이 어디쯤 와 있는지 확인해 보았다.

마정석은 카미엘이 오는 기점으로 D—DAY 형식의 숫자를 표기하였다.

—1900

"…5년도 넘게 남았다는 것인데, 거슬러도 너무 많이 거슬러 온 것 아닌가?"

지금 그가 있는 곳은 남극의 한복판인데, 과연 이곳이 정확히 어디쯤인지 도저히 알 수 있는 방법이 없었다.

태하는 차라리 잘되었다고 생각했다.

"그래, 5년쯤은 별것 아니지. 그리고 남극에서 빠져나가는 데 얼마나 걸릴지도 모르고 말이야."

태하는 자신에게 주어진 것이 어떤 것인지 알아보았다.

지금 그에게 귀속된 천검진과 한빙검, 화열검은 그대로 남아 있었고 혹한을 견딜 수 있는 외투도 있었다.

물론 지금 그에게 추위는 내력을 증진시키는 좋은 방책이니 의복은 필요가 없었지만 잠을 자는 동안은 달랐다.

잠을 잘 때엔 대설심법이 진기를 축적하지 않기 때문에 잘못하면 얼어 죽는 사태가 벌어질 수도 있다.

"천만다행이군. 가지고 있는 것들을 빼앗기지 않아서 말이야."

그는 끝도 없이 펼쳐진 설원을 따라서 무작정 걸었다.

뽀드득, 뽀드득.

지금의 계절이 어떤지 가늠을 할 수 있는 것은 그의 머리 위로 떨어져 내리는 아주 따사로운 햇살이었다.

남극에도 사계절이 있기 때문에 여름이면 설원이 아닌 맨땅이 드러나기도 하고 배가 다닐 수 있을 정도로 얼음이 옅어지기도 한다.

태하는 자신이 눈을 밟고 서 있는 곳에서 그리 멀지 않은 곳에 있는 평원 지대를 바라보았다.

"대략 11월에서 12월쯤 되는 모양이군."

12월의 남극은 늦봄이 찾아온 시기로, 이제 곧 완연한 여름이 찾아온다는 뜻이기도 하다.

그는 남극대륙을 따라서 계속 걸어갔다.

솨아아아아!

태하는 얼마 지나지 않아 그의 코를 간질이는 해풍을 맞이했다.

그의 뒤로 길게 뻗어 있던 거대한 산비탈이 내뿜던 차가운 바람과는 또 다른 느낌이 들었다.

"이곳이 남극해인 모양이야."

저 멀리 펭귄들이 줄을 지어 달려가고 있다.

궈궈궈궈궈!

아마도 겨울을 이겨내고 바다로 나아가 물고기를 잡아먹으려는 모양이다.

태하는 펭귄들을 따라서 연안으로 향했는데, 그곳에서는 거대한 고래들의 향연도 보였다.

뿌우우우우!

솨락!

숨을 쉬기 위해 수면으로 올라온 고래들의 물줄기가 마치 분수 쇼를 보는 것 같다.

"장관이구나. 이런 지구가 멸망할 뻔했으니 이 얼마나 통탄

할 일이야."

그는 이곳에 가만히 앉아 고래와 펭귄들이 뛰어노는 광경을 바라보며 찰나의 휴식을 취하였다.

하지만 얼마 지나지 않아 엄청난 허기가 찾아왔다.

꼬르르륵.

"나도 살아 있는 생명체이니 뭔가를 먹어야겠지?"

남극의 풍경이 좋기는 했지만 언제까지 이곳에 가만히 앉아 있을 수는 없는 노릇이다.

그는 어서 빨리 이곳을 떠나 사람이 사는 곳을 찾아가기로 했다.

태하는 아직 다 녹지 않은 빙하를 검으로 깨어내 빙판 뗏목을 만들었다.

휘릭, 콰앙!

직경 10미터짜리 뗏목을 만든 태하는 천검진을 사용하여 동력을 댔다.

"천검진, 폭풍일식!"

촤라라라락!

천검진이 어지럽게 진기를 흩뿌리며 만들어낸 후폭풍으로 인해 뗏목이 앞으로 미끄러져 나갔다.

솨아아아아!

"호오, 좋구나! 이게 바로 자유로움이지!"

만약 이 세상에 신선이 있었다면 이와 같은 놀음을 하지 않았을까 하는 생각을 해보는 태하다.

*　　　*　　　*

정신없이 나흘이나 달리다 보니 어느새 숲이 우거진 땅에 닿게 된 태하이다.

휘이이이잉!

바람도 적당히 시원하고 주변에 먹을 만한 과실이나 사냥감으로 적당한 산짐승도 꽤 보인다.

그런데 문제는 워낙 방향감각 없이 달려온 터라 이곳이 정확히 어디인지 모른다는 점이었다.

"젠장, 이럴 줄 알았으면 항해술이라도 좀 배워놓는 건데."

태하의 재주가 아무리 좋아도 감으로 이곳이 어디인지 때려 맞히는 것은 말도 안 되는 소리다.

하지만 지금 이대로 허송세월을 할 수는 없는 일, 그는 일단 유럽으로 가는 배편을 마련하기로 했다.

그는 자신이 가진 지식을 총동원하여 장기 운항이 가능한 배를 만들기로 했다.

태하는 가장 먼저 작업장을 만들 곳을 정하기로 했다.

"나무가 우거져 있으면서도 물이 흐르는 곳이 좋겠군."

해안가에는 울창한 숲이 있긴 하지만 이곳에서 다소 떨어진 곳으로 들어가야 아름드리나무를 구할 수 있을 것 같았다.

해안가에서 대략 서너 시간쯤 걸어가자 계곡이 흐르는 산비탈이 보인다.

주변을 둘러보니 아름드리나무들이 꽤 있고, 이곳에서 배를 띄운다면 충분히 바다로 나아갈 수 있을 것 같았다.

"이곳이 좋겠군."

그는 천검진을 사용하여 오두막을 짓는 데 필요한 나무들을 벌목하기 시작했다.

촤라라라락!

딱히 어떠한 초식을 사용하지 않더라도 천검진은 태하가 원하는 대로 움직이는 검진이니 나무를 다듬는 데 아주 제격이라 할 수 있었다.

한 사람이 누울 수 있는 공간과 땔감, 먹을 것을 저장할 수 있는 창고를 지어야 하니 최소한 다섯 평은 되어야 할 것이다.

슥삭, 슥삭!

태하는 목탄을 이용하여 땅을 측량하고 그 위를 장력으로 평평하게 다졌다.

쿵쿵쿵!

그의 일장이 닿을 때마다 돌과 자갈이 깨져 땅을 평평하게 만들었고, 그 위로 온돌이 들어갈 숨구멍과 개자리 등을 팠다.

이제 그 위로 다시 반석을 올리고 흙을 덧발라 주면 바닥이 완성된다.

태하는 이 모든 것을 내력으로 마무리하여 불과 하루 만에 구들장을 만들고 사람이 잘 수 있는 공간을 확보하였다.

그는 산에서 해온 나무를 이용하여 구들장에 불을 지펴보았다.

화르르르륵!

순식간에 주변이 훈훈해지면서 꽤나 아늑한 공간이 만들어졌다.

"후우, 오늘은 하루쯤 쉬도록 할까?"

지금까지 보름 넘도록 잠 한숨 못 잔 태하는 잠시 휴식을 취하기로 했다.

* * *

오두막을 완성한 태하는 바로 그 다음 날부터 선박의 제조에 들어갔다.

그는 최소한의 생활이 가능하면서도 오래도록 항해가 가능한 구조에 대해서 고찰했다.

태하는 나무를 평평하게 깎아 만든 목판 위에 도면을 그려 나가기 시작했다.

슥슥슥.

대한그룹의 총괄이사로서 선박 제조에 대해서도 꽤 자세히 알고 있는 태하이지만 목선은 막상 만들어본 적이 없었다.

그러나 한때는 역사에 대해서 공부한 적이 있기 때문에 대충 밑그림은 그릴 수 있었다.

그는 15미터에 넓이 5미터의 2층 선박을 구상해 냈다.

선박의 1층에는 짐을 실을 수 있는 공간과 사람이 잘 수 있는 선실이 들어가 있고 그 위로는 돛을 놓을 수 있는 공간이 마련되어 있다.

하지만 이곳에서 당장 천을 구할 수는 없으니 당분간은 천검진을 동력으로 사용할 생각이다.

태하는 자신이 그린 도면에서 문제점을 짚어내어 몇 번이고 그 안전성에 대해 고찰해 보았다.

무려 50번의 검토 끝에 도면을 완성해 냈다.

그런데 막상 도면을 만들고 보니 배를 만드는 데엔 나무 말고도 그것을 엮어줄 강철과 밧줄도 필요했다.

"이 세상에는 정말 쉬운 일이 하나도 없는 모양이군."

어차피 화열검이 있으니 용광로는 이미 보유한 셈이고 주변에 있는 붉은색 산돌을 잘게 부수어서 강철을 만들어내기만

하면 될 것 같았다.

그러나 그것을 이어 붙이고 단련하는 과정은 결코 쉽지 않을 것이다.

"한번 부딪쳐 보자!"

그는 자신의 머릿속에 있는 기본적인 지식을 총동원하여 선박 건조를 시작했다.

선박 제조를 시작한 지 두 달째, 태하는 대장간을 짓고 도면에 나온 대로 부품을 제조하는 중이다.

까앙, 까앙!

단단한 무쇠를 만들기 위해 그가 할 수 있는 지식을 모두 다 동원했으나 현대에서 사용하던 만큼의 강도는 나오지 않았다.

그러나 지금 그가 만들어낸 강철은 바다를 나아갔을 때에 사용하기엔 전혀 손색이 없을 것이다.

그는 총 1,200개의 철판을 만들어냈고, 1만 개의 못과 각종 부품을 생산해 냈다.

배 한 척을 짓는 데 이렇게 많은 부품이 들어갈 것이라곤 전혀 상상도 하지 못한 태하이다.

그나마 이 주변에 작은 철광산이 자리 잡고 있었기에 망정이지, 그렇지 않았다면 배를 제작하는 일은 꿈도 꾸지 못했을 것이다.

무려 두 달이나 투자하여 만들어낸 철제 부품들을 바라보는 그의 눈동자에 흡족함이 가득하다.

"으음, 좋아. 이제 나무를 좀 베어볼까?"

철을 다듬는 것은 쉽지 않은 일이었지만 나무를 베어 그것을 다듬는 것은 천검진이 알아서 해줄 것이니 큰 문제는 없었다.

하지만 나무가 물에 젖어도 손상을 받지 않게 하려면 한차례 코팅을 해주는 작업이 필요하다.

그것은 천검진으로 할 수 없으니 모든 것을 태하가 직접 해야만 한다.

이제부터 그는 숲을 벌목하면서 얻을 수 있는 천연 도료를 찾아보기로 했다.

*   *   *

어느새 태하가 남미에 온 지도 어언 반년이 넘어간다.

째에엥!

시간이 훌쩍 지나가 봄이 가고 완연한 여름이 찾아왔다.

태하는 이제 작업의 80%가량을 해냈다.

발품을 팔아서 북쪽의 산맥을 넘어 고무나무 진액과 송진을 구해다가 나무에 입히고 그것을 잘 말려서 코팅까지 하였다.

이제 물에 젖어도 나무가 젖거나 쪼그라드는 현상은 벌어지지 않게 된 것이다.

그는 코팅된 나무 아래에 철판을 덧대어 배의 바닥을 만들어냈다.

까앙, 까앙!

천검진은 사람을 베는 용도로만 사용할 수 있는 것이 아니었다.

250개의 검이 흩어져 망치질을 하고 모난 부분을 다듬어주니 250명이 작업을 하는 것이나 마찬가지였다.

태하는 작업 중간에 잠시 고개를 들어 철판이 덧대어진 나무들을 바라보았다.

"으음, 이제 얼마 남지 않았다."

도와주는 손길 하나 없이 오로지 태하 혼자의 힘으로만 해냈다는 것이 도저히 믿기지 않을 정도의 작품이다.

흐뭇한 손길로 망치질을 이어가던 태하에게 말발굽 소리가 들렸다.

다그닥, 다그닥!

순간, 태하의 시선이 발굽 소리로 향한다.

"마, 말?!"

야생마일 수도 있지만 발굽 소리가 하나인 것으로 보아 야생 상태의 말은 아닌 것 같았다.

그는 단순히 사람을 만났다는 반가움에 환호성을 질렀다.

"여기요! 사람이 있습니다!"

바로 그때, 말에서 도끼가 날아왔다.

휘리리리릭!

"허, 허억!"

화들짝 놀란 태하는 날아오는 도끼를 손으로 잡았다.

턱!

이윽고 그는 도끼가 날아온 방향으로 바람처럼 날아가 무언의 암살자를 향해 쇄도하여 들어갔다.

"이놈, 처음 보는 사람에게 도끼질이라니! 당치도 않는 짓을 하였구나!"

반가운 마음에 한달음에 달려갔더니 도리어 도끼를 집어 던지는 모습에 태하는 이 암살자를 흠씬 두들겨 패줄 생각만 가득해졌다.

그는 단숨에 권을 뻗었다.

"건곤일식, 풍진!"

퍼엉!

주변의 바람을 이끌어내어 망치와 같은 권풍을 일으키는 풍진에 맞으면 한동안 정신을 차리지 못하게 된다.

아마도 상대방이 뒤로 넘어갈 것이라고 생각하던 태하는 당장 그다음 수를 준비했다.

그러나 놀랍게도 상대방은 풍진을 막아냈다.

텅!

그것도 바람으로 만든 권풍의 일종으로 막아낸 것 같았다.

"무공? 하지만 진기가 느껴지지 않은데?"

놀랍기는 하지만 어차피 상대방은 태하의 적수가 되지는 못했다.

그는 아주 가볍게 후속타를 날렸다.

"건곤일식, 질풍각!"

휘릭, 퍼억!

적은 태하의 각법에 맞아 저만치 날려가 버렸고, 말은 그 자리에서 기절해 버렸다.

이힝힝!

"!#$%#$%&&."

뭔가 알아들을 수 없는 말을 지껄이면서 쓰러져 버린 적은 놀랍게도 20대 초반의 여성이었다.

태하는 화들짝 놀라 그녀에게 달려갔다.

"이, 이보세요! 저, 정신 차려요!"

"@$%^%#&"

말은 통하지 않았지만 그녀의 눈초리에서 아주 강력한 적의를 느낄 수 있었다.

태하는 그녀에게 자초지종에 대해 설명하였다.

"당신이 먼저 도끼를 던져서 일이 이렇게 된 겁니다. 그러니……."

"…@#$^%$&……!"

순간, 그녀가 품속에서 도끼를 한 자루 꺼내어 태하에게 들이댔다.

챙!

그는 탄지공으로 도끼를 튕겨내 버렸다.

까앙!

"으흑!"

"왜 자꾸 사람을 죽이려 하는 겁니까? 대화로 풀 생각은 하지 않고 칼부터 꺼내다니."

이윽고 그녀는 체념한 듯 고개를 푹 숙였다.

"……."

"이봐요, 괜찮아요?"

바로 그때, 그녀는 저만치 날아가 있는 도끼를 다시 잡아서 자신의 목덜미를 그으려 했다.

태하는 기절할 듯이 놀라며 그녀를 저지했다.

"그, 그만! 도대체 왜 이러는 겁니까?!"

"%^&*%$*……!"

"거참, 말을 알아들을 수 있어야 뭘 해먹던가 하지!"

만약 그녀가 구사하는 언어가 영어나 불어, 최소한 스페인어만 되었어도 어떻게 알아들었을지도 모른다.

하지만 그녀의 말은 그렇게 많은 국가를 돌아다닌 태하조차도 처음 들어보는 것이었다.

그는 가만히 그녀의 생김새를 살펴보았다.

약간 까무잡잡하지만 백인이나 흑인의 모습은 아니었고 그렇다고 전형적인 아시아계의 모습도 아니었다.

"인디오?"

예상은 하고 있었지만 직접 인디오를 보고 나니 이곳이 남미의 어디쯤이라는 것을 깨닫게 된 태하다.

그는 인디오 처자를 진정시키기 위해 혈도를 짚었다.

투둑!

"으흑……."

끝내 정신을 잃고 쓰러진 그녀를 바라보는 태하의 마음이 썩 좋지는 않았다.

"상당히 호전적인 여자군. 그나저나 이 여자를 어떻게 한다?"

그는 일단 쓰러진 그녀를 데리고 오두막으로 향했다.

*　　　*　　　*

그날 저녁, 태하는 주변에서 잡아온 조류 몇 마리를 불에 구워 상을 차렸다.

비록 바다에서 길어온 물에서 얻은 소금만으로 간을 한 통구이지만 그 맛은 꽤 먹을 만했다.

태하는 손발이 꽁꽁 묶여 있는 인디오 아가씨에게 고기를 건넸다.

"좀 드시죠."

"…흥!"

"거참, 까칠한 아가씨네. 먹기 싫으면 어쩔 수 없고요."

그는 인디오 여자가 보란 듯이 아주 맛있게 새의 다리를 뜯어서 한입 베어 물었다.

우득!

"쩝쩝, 으음! 좋은데? 역시 숲에선 얻지 못하는 것이 없다니까."

"@$%^^&……!"

"당신이 무슨 말을 해도 난 못 알아들어요. 그러니 당분간 이렇게 고기나 먹으면서 당신의 동료들을 기다려요. 당신도 최소한 가족은 있을 것 아닙니까?"

"…#$#$%^&^&……!"

자꾸 고래고래 소리를 지르던 그녀의 배에서 이상 신호가 들려왔다.

꾸르르르륵.

"으음?"

"......"

태하는 그제야 자신이 무슨 짓을 한 것인지 깨달았다.

"아뿔싸! 화장실이 급했던 것이구나!"

얼굴이 새파래져서 소리를 지르는데도 태하는 그녀가 그저 괄괄해서 그런 줄 알고 앞에서 고기나 뜯고 있었던 것이다.

모르긴 몰라도 지금 그녀의 심경을 표현하자면 차마 다 말로 할 수도 없을 것이다.

그는 미안한 마음에 당장 밧줄을 풀고 등을 돌렸다.

"싸, 싸세요!"

"......?"

"싸라고요."

그녀는 태하의 눈치를 보더니 이내 주변에서 돌맹이를 하나 주워 들었다.

아마도 태하를 기절시키고 볼일을 볼 모양이다.

'그래, 찍어라.'

어쩌면 도망을 칠 수도 있겠으나 방금 전 배에서 난 소리와 그녀의 안색으로 미뤄볼 때엔 큰 게 마려운 것이 분명했다.

잠시 후, 그녀가 돌로 태하의 머리를 찍었다.

퍼억!

"꼬르륵……."

일부러 기절한 척한 태하는 실눈을 뜨고 그녀의 행동을 지켜보았다.

"어, 어흑, 어흐으윽!"

어딘지 모르게 상당히 초조해 보이는 그녀의 행동은 과연 그 속이 얼마나 불편했을 지를 대변해 주고 있었다.

태하는 이젠 눈을 질끈 감았다.

'이런, 이러다가 그냥 이 자리에 큰일을 보겠는데?'

그 자리에 누워 눈을 질끈 감은 태하의 곁에선 마치 천지가 개벽하는 소리가 들려왔다.

파악!

순간, 태하가 화들짝 놀라서 몸을 움찔거렸지만 그녀는 워낙 큰 거사를 치르는 중이라 눈치를 채지 못한 것 같았다.

다행히도 그녀의 거사를 도와준 것 같아서 기뻤지만 그 냄새는 어쩔 도리가 없었다.

'…도대체 오늘 점심에 뭘 먹은 거지?'

내공으로도 냄새는 막을 수가 없으니 이것이야말로 생고문이나 다름없었다.

생각 같아선 이 자리에서 삼십육계 줄행랑을 치고 싶지만 그랬다간 그녀는 평생 씻을 수 없는 상처를 안고 살아가게 될 터이다.

그는 모든 것을 자신의 잘못으로 돌렸다.

'그래, 내가 조금 신중했더라면 이런 일이 벌어지지 않았겠지.'

태하는 그녀에게 속죄하는 마음으로 꾸역꾸역 냄새를 참아 내었다.

하지만 바로 그때, 그 누구도 예상하지 못한 일이 벌어지고 말았다.

다그닥, 다그닥!

이힝힝!

"#$%%^!"

순간, 그는 자신의 귀를 의심했다.

'서, 설마하니 그녀를 찾으러 동료들이 찾아온 건가?! 하필이면 이럴 때……!'

아직 거사를 다 이루지 못한 그녀는 밑도 못 닦고 자리에서 일어나 모닥불을 발로 비벼 끄려 했다.

"아, 아얏!"

하지만 산짐승의 기름으로 불을 지핀 모닥불이 그리 쉽게 꺼질 리가 없었다.

그녀는 하는 수 없이 모닥불 위로 직접 분사하기로 결심했다.

쉬이이이이익!

장의 상태가 워낙 좋지 않았던 모양인지 설사로 서서쏴(?) 자세가 가능한 그녀였다.

치이이이익!

다행히도 모래와 설사로 불을 끄긴 했지만 그 냄새는 연기를 타고 태하에게로 고스란히 전해졌다.

'해도 해도 너무하군. 이제는 하다하다 설사까지… 끄응, 그래도 어쩔 수 없지. 내가 자초한 일이니.'

태하가 초인적인 인내심으로 암모니아와 싸워내고 있는 동안 그녀는 속을 썩이던 그 녀석들을 전부 몰아낸 모양이다.

"휴우……."

안도의 한숨이 어찌나 시원하던지 태하의 속까지 다 뻥 뚫리는 기분이다.

잠시 후, 그녀는 자신이 싼 배설물을 깔끔하게 정리한 후 옷매무새까지 다듬었다.

"%$^#$^&!"

아마도 뒤처리가 끝났으니 동료들을 부르는 것 같았다.

태하는 중간에 자신이 일어나면 일이 꼬일 것 같아서 그냥 누워서 동료들이 찾아오기를 기다렸다.

잠시 후, 총 15명으로 이뤄진 남자들이 그녀를 찾으러 달려왔다.

'동료들인가? 계속 잠을 자는 척해야 하나, 아님 도망을 쳐야 하나? 흠, 어쩌지?'

태하는 지금 이 타이밍이 일어나 도망을 쳐야 하나, 아님 끝까지 그녀의 자존심을 지켜주어야 하나 깊은 내적 갈등에 빠져들었다.

하지만 그는 이 세상의 모든 여자에겐 자존심을 지켜주어야 한다고 생각하는 사람이었다.

"……"

끝까지 침묵을 지킨 태하는 15명의 남자들에 의해 온몸이 밧줄로 꽁꽁 묶여 봇짐처럼 나무에 매달리게 되었다.

아마 목적지까지 가는 데 좀 더 수월하게 태하를 끌고 가기 위함인 것 같았다.

'그래, 내가 기절했다가 깨어나 몇 대 맞아주고 나면 도망쳐도 이상하지 않겠지.'

그는 순순히 인디오 마을로 향했다.

*　　　*　　　*

태하는 지금껏 자신의 작업장 주변으로 이렇게 큰 마을이 있었는지 까마득히 모르고 있었다.

대략 500가구가 모여 사는 인디오 마을에는 대략 2,000명의 주민이 기거하고 있는 것 같았다.

이들의 생활양식이 서방 문화에 물들지 않은 것으로 봐선 아직 중앙집권이 이뤄지지 않았다는 소리인데, 그렇다면 이들은 부족사회의 일원임이 틀림없었다.

부족사회에서 2,000명이 넘는 인원이 기거하고 있다는 것은 이 세력이 근방에선 꽤나 강성하다는 뜻과 일맥상통한다.

태하는 2,000명이 넘는 사람들이 보는 앞에 온몸이 꽁꽁 묶인 채로 섰다.

"@$%^&%^&!"

"우-우-우……!"

지긋하게 나이를 먹은 중년 남자가 뭔가 중요한 소리를 하면 그에 따라서 모든 부족 구성원이 묵직한 음성으로 답하는 것 같았다.

태하는 저 중년 남성이 바로 추장이라는 것을 어렴풋이 알 수 있었다.

'으음, 저 사람이 추장이구나. 아마도 나에게 호의적이지는 않은 것 같은데…….'

잠시 후, 추장은 태하와 비밀을 공유한 그 괄괄한 아가씨를 옆으로 데리고 왔다. 그러곤 손을 잡고 머리를 쓰다듬었다.

순간, 태하는 그녀가 추장의 딸이거나 아내일 것임을 직감하였다.

'아아, 그러니 부족민들이 나를 이렇게까지 싫어하는 것이구나. 추장은 정신적인 지주일 테니 내가 벌집을 건드린 셈이군.'

그저 평화롭게 배나 한 척 만들어서 이곳을 뜰 생각이던 태하는 일이 꼬여도 한참 꼬였다는 것을 알 수 있었다.

그러나 사나이가 한 여자의 비밀을 가슴에 품은 이상 그것을 지켜주는 데 후회는 없었다.

또한 어차피 저들이 태하에게 위해를 가할 수 있는 방법은 그 어디에도 없었다.

추장은 이내 날카롭게 벼려진 칼을 꺼내 들었다.

챙!

아마도 이것으로 태하를 찔러 죽이려는 것 같았다.

"우우우……!"

"이야아압!"

아주 거칠게, 그것도 상당히 저돌적으로 태하의 복부를 칼로 찔렀지만 그의 복부는 뚫리지 않았다.

오히려 태하의 뱃가죽을 뚫지 못한 칼이 부러져 날이 저만치 날려가 버렸다.

까앙!

휘리리리릭!

그날은 애먼 사람의 발등에 떨어져 피를 냈다.

퍼억!

"으아아아아악!"

"……!"

태하는 한숨을 내쉬었다.

'…이런, 내력이 없는 칼은 내 피부를 뚫지 못하는데. 실망이 크겠는걸.'

실망이 큰 정도가 아니라 부족민들은 충격에 빠져 태하를 마치 괴물 보듯이 쳐다보았다.

이윽고 그들은 태하의 몸에 불을 지르기 위하여 주변에서 짚단을 마구 끌어 모았다.

"@#$^%$&!"

"우우우우!"

이번에는 태하를 화형시키려는 모양이었는데, 그마저도 통하지 않을 것이다.

화열심법을 익힌 태하의 몸은 보통의 불로는 어찌할 수가 없기 때문이다.

화르르르륵!

"우우우!"

"알루, 알루, 알루!"

요상한 주문을 외우며 불을 지핀 추장은 경건하면서도 득의에 찬 미소를 지었다.

"으하하하! 알루, 알루, 알루!"

"우우우!"

태하는 따뜻하게 자신을 덥혀주는 불을 이만 꺼주기로 했다.

스스스스스!

대설심법에 담긴 막강한 냉기를 뿜어내니 태하를 감싸고 있던 불길이 허무하게 꺼져 버렸다.

팟!

"……!"

순간 정적이 흘렀고, 태하는 어색한 미소를 짓고 있었다.

*   *   *

다음 날, 태하는 밧줄에 꽁꽁 묶인 채 오두막 안에 감금되었다.

그는 짚단으로 만든 오두막 안에서 하루를 보낸 후 슬슬 밧줄을 풀고 홀연히 사라지려 했다.

하지만 태하에게 음식을 가져다 주고 수시로 절을 하는 그녀 때문에 쉽사리 나갈 수가 없었다.

안 그래도 아침부터 탈출을 감행하던 태하는 자신이 없어지자마자 그녀에게로 이어지는 칼부림의 현장을 목격하고 말

왔던 것이다.

도대체 무슨 사연인지는 몰라도 태하가 없어지면 큰일이 나는 모양인지 그녀는 하루에도 몇 번씩 고기를 가져다 주고 절을 해댔다.

그 탓에 속 편히 이곳을 떠날 수도 없게 된 태하이다.

"이런 것을 두고 자업자득이라고 하는 모양이군."

애초에 그녀와 마찰을 빚은 것이 잘못이었고, 앞뒤 안 가리고 장을 친 것이 화근이었다.

그는 이렇게 된 김에 그녀에게 말이라도 배워야겠다고 생각했다. 그래야 그녀가 어떤 상황에 처했는지 알 수 있었기 때문이다.

"이봐요, 말 좀 가르쳐 줘요."

"……?"

"말이요. 아, 에, 이, 오, 우……."

"$%^#%^&……?"

그녀는 태하의 곁에 앉아서 몇 마디 내뱉더니 손가락으로 자신을 가리키며 말했다.

"…히우네."

"뭐라고요?"

그녀는 정확히 자신을 가리키며 다시 한 번 말했다.

"히우네."

"아아, 당신의 이름이 히우네라고요?"

히우네는 고개를 끄덕였다.

태하는 자신을 가리키며 말했다.

"태하."

"…태하?"

"맞아요. 내 이름은 태하예요."

"태하……."

처음으로 두 사람이 나눈 대화이다.

태하는 주변의 물건을 가리키며 말을 걸었고, 그녀는 그것을 자신들의 언어로 설명해 주었다.

인디오 마을에 잡혀온 지 대략 일주일 후, 태하는 빠른 습득 능력으로 부족민의 말을 깨우쳤다.

태하의 두뇌는 자연경이 이르면서 기억력의 한계와 이해력의 벽이 허물어져 무언가를 배우는 것이 아주 손쉽게 되었다.

때문에 몇 단어만 배워두면 눈치와 코치로 언어를 습득하는 것도 가능했다.

태하는 이곳이 메코케코의 부락이며 히우네는 마을의 성녀쯤 되는 사람이라는 사실을 알게 되었다.

성녀는 영매로서 정령과 대화하고 그들과 어울려 놀면서 부족에게 이로운 일을 해주는 사람이었다.

한마디로 태하는 마을에서 가장 중요한 사람을 기절시키고 그녀를 납치한 파렴치한으로 낙인이 찍힌 것이다.

메코케코 부족은 태하를 죽여서 마을의 신성한 나무인 정령수의 진노를 다스리려 했다고 한다.

외지인이 이 마을에 오는 것쯤이야 별것 아니지만 성녀가 납치를 당한 것이 부정을 가지고 온다고 믿었기 때문이다.

하지만 태하는 칼로 찔러도 죽지 않고 불로 태워도 멀쩡했기 때문에 그들의 힘으론 어쩔 수가 없었다.

그래서 메코케코 부족은 성녀 히우네와 태하를 결혼시켜 아이를 잉태함으로써 새로운 영매를 얻어내려 했던 것이다.

그러니까 지금 태하는 메코케코 부족 성녀의 공식적인 남편으로 점 찍힌 셈이다.

히우네는 까무잡잡한 피부에 탄력적인 몸매, 거기에 몽환적인 적갈색 눈동자가 매력적인 여인이었다.

굳이 표현하자면 라일라와 안나를 섞어놓은 느낌이었지만, 이는 보통 사람에게선 절대로 느낄 수 없는 매력이었다.

그녀의 아름다움은 감히 인간이 범접할 수 있는 영역이 아니라는 소리다.

그러나 이곳에서 히우네와 백년가약을 맺고 아이를 낳고 키울 정도의 시간과 여력을 갖지 못한 태하이다.

더군다나 태하에겐 이미 미래를 약속한 여자가 있었다.

물론 다신 원래의 그녀를 볼 수 없었지만, 그래도 태하의 가슴속에 여인은 그녀 한 사람뿐이었다.

히우네는 오늘도 남편이자 성부인 태하에게 절을 올리고 음식을 공양하였다.

"절 받으세요, 성부님."

"자꾸 왜 이러십니까? 저는 그냥 무공을 익힌 평범한 무인일 뿐입니다. 저 같은 사람은 바다를 건너가기만 하면 지천에 널려 있을 겁니다."

그녀는 고개를 저었다.

"당신은 내 남편이에요. 이 세상에 남편이 둘인 사람은 없어요."

"……."

메코케코 부족은 상당히 자유로운 영혼을 가진 사람들이었다.

이곳 숲에는 사냥감이 풍부하고 먹을 과실이 지천에 널려 있으며 토지는 상당히 비옥했다.

비옥한 토지와 울창한 숲에는 주인이 없어서 필요한 것을 함께 사냥하고 수확해서 나누어 먹었다.

대자연에 주인은 없으니 부족한 것은 취하고 남는 것은 서로 나누어 자연의 일부로 지냈다.

땅에 주인이 있다는 것은 상상도 할 수 없었다.

태양에 주인이 없고 달에 주인이 없듯 강가에도 주인이 없고 땅에도 주인이 없었다.

자신이 기거하고 있는 땅, 심지어는 그 위에 올린 집에도 주인이 없어서 모두 함께 어울려 살아갔다.

사유재산이 없다는 것, 그것은 곧 궁극적인 자유를 뜻한다.

그런 그들에게도 소유는 존재했으니, 그것은 바로 서로의 천생배필은 오로지 한 사람이라는 것이었다.

천생배필은 오로지 인생에 한 번, 그것을 저버린다는 것은 상상조차 할 수 없는 일이었다.

때문에 지금 그녀가 태하에게 목숨을 거는 것 역시 이해가 되었다.

태하가 도망치려 할 때마다 마을 청년들이 그녀를 죽이려 한 것은 그들의 의사가 아니라 남편에게 버림을 받았다는 생각 때문에 그녀가 스스로 죽음을 택한 것이었다.

태하는 벌써 일주일째 이 결혼이 무효라고 주장하고 있었다.

"이봐요, 히우네. 나는 당신과 결혼하겠다고 말한 적이 없습니다."

"……."

"당신도 나와 같은 이방인과 결혼하는 것이 썩 달갑지는 않을 것 아닙니까?"

"우리 부족은 원래 다른 부족 사람을 배필로 맞아요. 그러니 이방인이 남편이 되는 것은 당연한 일이죠."

"그렇지만 우리의 만남을 한번 생각해 봐요. 당신은 나를 사냥감으로 여겨 죽이려 했고, 나는 당신을 적으로 생각하고 두들겨 팼습니다. 이런 악연이 어디에 있어요?"

"정령들이 말했어요. 이 세상의 인연은 돌고 돌아서 결국 하나가 되는 것이라고요. 악연도 인연이니 당신과 내가 부부가 되는 것이 무슨 문제인가요?"

그는 도무지 말이 통하지 않아 답답했다. 그렇다고 지금 당장 도망쳤다간 그녀가 또 죽는다고 난리를 칠 테니 이러지도 저러지도 못하는 상황이 되었다.

그렇다면 태하는 이 문제를 두 사람만의 문제로 끝낼 것이 아니라고 생각했다.

"좋습니다. 그럼 추장님과 신성한 나무 앞에서 따져봅시다."

"……!"

"내 목숨을 걸지언정 절대로 내 뜻을 굽히지는 않겠습니다."

히우네는 태하의 앞에 무릎을 꿇었다.

"…신성한 나무 앞에서 시시비비를 가리자면 결국 우리 부족 전사들 모두와 싸워야 합니다. 그러면 당신은 죽고 말겠죠. 난 그럼……."

"걱정하지 말아요. 모든 것은 신이 판단할 겁니다."

이 부족에는 신성한 나무의 앞에서 결투를 벌이면 진실이 밝혀진다고 믿는다. 그러나 지금 이 경우엔 부족 전체와 관련된 일이니 400명의 부족 전사들과 싸워야 하는 상황이었다.

마을 남자들은 성인식을 치르면 모두 전사가 되니 한마디로 태하는 마을 남자들 모두와 싸워야 한다는 소리였다.

그러나 태하와 그들이 싸워 태하가 질 확률은 극히 적었다. 다만 그녀가 상처를 받을 수도 있다는 점이 가장 큰 문제였다.

'그래도 한다. 어쩔 수가 없어.'

태하는 오두막을 열고 나가 외쳤다.

"신성한 나무의 대결을 신청한다!"

"……!"

부족의 남자들이 태하의 곁으로 모여들기 시작했다.

8. 동반자

　메코케코 부족의 부락에서 대략 5분쯤 떨어진 곳에는 정령들의 쉼터라 불리는 신성한 나무가 있다.

　정령수라는 이름으로도 불리는 이 신성한 나무는 마을의 안녕을 기원하는 축제를 벌이거나 사람의 판단으로 가릴 수 없는 시시비비를 가리는 곳이었다.

　둥둥둥둥!

　묵직한 북소리가 울려 퍼지는 가운데 500명의 남자들이 칼과 활을 든 채 나무의 앞으로 모여들었다.

　나이가 많고 적고를 떠나서 성인식을 치른 남자라면 모두 전사의 칭호를 받는데, 500명의 전사 중에는 일흔이 넘는 이도 있었다.

태하는 자신들의 앞에 모인 500명이 죽기를 각오했다는 것에 모골이 송연했다.

'만약 내가 무공을 익히지 않았더라면 꼼짝없이 이곳에서 벌집이 되어 죽어갔겠군.'

아직 검을 섞어보지는 않았지만 무공을 익히지 않은 500명과 싸워서 태하가 진다는 것은 말도 안 되는 일이었다.

그러나 이들이 가진 대단한 투지는 보는 사람으로 하여금 오금이 저리도록 만들었다.

새빨간 동물의 피로 얼굴과 목덜미에 부족 고유의 무늬를 새긴 전사들은 경건한 마음으로 태하를 바라보았다.

"…신의 이름으로 싸운다!"

"우우우!"

마을의 전사들은 수렵을 떠날 때에만 무기를 쓰지만 마을에 환란이 닥쳐오면 기꺼이 목숨을 바친다.

그런 그들의 결의를 상징하는 것이 바로 동물의 피였다.

자신의 피와 남의 피가 얼굴에 튀어도 티가 나지 않도록 하는 것인데, 이는 살인이 메코케코족에겐 가장 큰 죄이기 때문에 생긴 풍습이었다.

사람을 죽이면 죄가 되지만 누구를 죽였는지가 중요한 이들의 법도에서 범인을 찾지 못하게 되면 법은 무의미해진다.

한마디로 피로써 피를 덮어 죄를 묵인하게 되니 이것은 다름 아닌 하나의 면죄부가 되는 셈이다.

태하는 이들을 모두 죽일 생각이 전혀 없었다. 하지만 그렇다고 해서 싸움에서 수를 접어줄 생각도 일절 없었다.

스릉!

천검진의 중심축인 한빙검을 뽑아 든 태하의 주변으로 엄청난 양의 한기가 뿜어져 나오기 시작했다.

스스스스스!

사람들은 그의 몸에서 풍겨 나오는 이 기운이 정령의 힘이라고 생각했다.

"역시 성부다! 이 사람은 성녀의 남편감이 틀림없어!"

"초자연적인 현상을 모두 정령이라고 믿는 모양이군."

정령은 오로지 성녀인 히우네만이 쓸 수 있는데, 그녀는 실제로 자연의 영령인 정령들과 얘기를 하고 그들과 벗 삼아 지냈다.

초자연의 힘을 사용한다는 점에서 무공이나 마법과 비슷하지만 그녀는 자연 그대로의 순수한 기운으로 힘을 발현한다.

한마디로 자연경을 넘어선 그 무언가를 그녀는 이미 깨달은 것이라고 볼 수도 있을 것이다.

하지만 아직까지 그 힘이 고강하지 못하니 사람에게 극심한 위해를 가할 정도는 아니었다.

태하는 한빙검 한 자루로 오늘의 대결을 끝낼 생각이다.

"일 검이면 충분하다."

그는 신성한 나무 앞에 고개를 숙였다.

"마을의 수호신이니 제 주장을 믿어주시겠지요."

"······"

추장은 마을의 전사들에게 태하를 공격하도록 지시하였다.

"신성한 나무께서 판결하신다! 모두 공격!"

"와아아아아!"

사방에서 칼과 화살이 날아와 태하의 신형을 노렸다. 하지만 그는 아주 간단하게 공격을 모두 막아냈다.

"설화난무!"

한성검법의 설화난무가 사방에서 날아드는 화살을 전부 쳐냈다.

팅팅팅팅!

눈꽃이 한차례 숲속을 물들이고 난 후 곧이어 차가운 냉풍의 물결이 일어났다.

스스스스!

"삭풍섬!"

태하의 검에서 뿜어져 나온 한성검법의 일격에 공기마저 얼어붙는 삭풍의 물결이 굽이쳐 500명의 전사들을 밀치고 지나갔다.

쐐에에엥!

"으윽!"

"…남극의 정령들이 저 사람을 돕는다! 우리도 가만있을 수는 없지!"

"일제히 화살을 갈겨라!"

"와아아아아!"

핑핑핑핑핑!

이곳의 화살과 동북아시아의 화살은 그 구조부터가 달랐다.

무기 자체를 수렵에만 특화되어 사용해 온 이들은 사람과 사람이 싸우는 무기 개량은 아예 신경을 쓴 적이 없었다.

만약 정복자들이 그들의 무기를 보았다면 어린아이들 소꿉장난이라며 코웃음을 쳤을 것이다.

태하는 자신에게로 날아오는 화살에 일장을 쳤다.

"건곤일식, 파!"

콰앙!

건곤일식의 일장이 날아가자 500발이 넘는 화살이 고스란히 바닥으로 떨어져 내렸다.

만약 쇠붙이로 만든 화살이 태하를 덮쳤다면 몰라도 나무를 깎아서 만든 화살이 태하의 몸통을 관통할 수 있을 리가 없었다.

그는 이제 한 방에 주변을 정리하기로 했다.

"한성검법의 오의로 끝을 맺자. 혈풍!"

태하의 손끝에서 피어난 순백색의 진기가 하늘 높이 피어오르더니 이내 그것이 빠르게 회전하면서 한차례 눈폭풍을 만들어냈다.

고고고고고!

점점 시간이 지날수록 거칠어지는 혈풍의 위용에 전사들은 주춤거리면서 태하와 거리를 벌렸다.

"구름을 다스린다!"

"오오, 신이다! 신이 강림했다!"

"하지만 심판은 계속되어야 한다! 돌격!"

"와아아아아아!"

"어워워워워워!"

요란한 소리를 내면서 달려드는 500명의 전사들은 태하의 얼굴도 제대로 보지 못하고 금방 나자빠져 버렸다.

퍼버버벅!

"크허억!"

"쿨럭, 쿨럭!"

"…끄, 끝이다! 우리가 졌다!"

전사들은 태하에게 목숨을 구걸할 생각이 전혀 없었다.

척!

자신들의 무기를 들어 스스로 목숨을 끊으려는 그들에게 태하가 흡성대법을 펼쳤다.

슈가가가각!

흡성대법이 그들의 무기를 전부 다 끌어모아 하나의 고철 덩어리로 만들어 버렸다.

"허, 허억!"

"자살은 좋은 방책이 아닙니다. 그러니 더 이상 목숨을 끊으려 하지 마십시오. 이미 판결은 내려졌습니다."

"…신이 이 남자를 선택하였다. 이제 그의 말이 진실이 되었다."

"우워어어어어!"

마을의 남자들은 어쩔 수 없이 태하의 말에 따르긴 했지만 여전히 신탁에 대한 미련이 있는 모양이다.

신녀와 함께 이 마을에 신탁을 내려줄 것이라 굳게 믿고 있다가 배신을 당했다고 생각했으니 그 상실감은 이루 말로 표현할 수 없을 것이다.

그러나 그런 그들보다 상실감이 훨씬 더 큰 사람이 있었다.

"…정녕 저를 버리시는 겁니까?"

"나는 당신이 싫다거나 못나서 이러는 것이 아닙니다. 다만 백년가약은 인륜지대사로서 아주 신중하게 치러야 한다는 것을 말하고 싶은 것뿐입니다."

그녀는 원망스러운 눈으로 태하를 바라보았다.

"여자는 함부로 스스로를 내던지지 않습니다. 특히나 우리 숲의 여자들은 더더욱 그렇지요."

"그런 뜻이 아니고……."

"전 당신에게 모든 것을 걸었습니다. 그게 찰나의 순간이었다곤 해도 나는 여전히 당신의 아내입니다."

히우네는 눈물을 흩뿌리며 어디론가 뛰어가 버렸다.

*　　　*　　　*

늦은 밤, 추장이 태하를 자신의 말로카(원뿔형 움막)로 불렀다.

추장의 말로카에는 마을의 장로들과 그 아내들까지 전부 다 자리하고 있었다.

그들은 하나같이 거대한 파이프에 담배를 넣어 피우고 있었는데, 그 냄새가 아무래도 대마초의 일종인 것 같았다.

그러나 그들은 환각 작용에 진다거나 정신을 놓는 일이 없었다.

"신의 이파리는 정신을 혼미하게 하지만 반대로 정신을 맑게 하는 힘이 있다네. 만약 신의 이파리에게 진다면 영혼을 빼앗길 것이고, 그렇지 않다면 반대로 영혼을 지배하게 되겠지."

"그렇군요."

"한 대 피우겠나?"

"예, 감사합니다."

태하는 추장이 건넨 굴뚝같은 담배를 한 모금 머금었다.

그러자 폐부에서부터 누군가 주먹으로 두드리는 듯한 타격감이 들었다.

"쿨럭, 쿨럭!"

"기침을 하는군. 자네는 지금 길을 잃었어. 그렇지 않나?"

"…예, 그런 셈이지요."

"신의 이파리는 거짓말을 하지 않아. 자네가 신의 이파리에게 졌기 때문에 기침을 한 거야. 길을 찾을 때까진 이파리를 가까이 하면 안 되겠군."

인디오들의 생활양식과 토속신앙은 언뜻 이해하기가 힘든 부분이 많았지만 그들은 결코 그른 것에 목숨을 걸지 않았다.

대자연에 속한 대로 살아가며, 심지어 대마초까지도 나름대로의 의미를 부여하여 그에 맞는 해석을 내어놓았다.

'그래, 내가 정신력을 잃지 않았다면 대마초 따위에게 질 리 없겠지.'

추장은 태하에게 절충안을 제시하였다.

"자네, 이곳을 떠나고 싶다고 했나?"

"예, 그렇습니다."

"듣자 하니 배에 매달 거대한 천이 많이 필요하다고 하더군."

"맞습니다."

"우리에게 바람에 강한 천이 있다네. 그것은 해풍을 맞아도 결코 젖지 않고 아무리 폭우가 쳐도 찢어지지 않아. 만약 원한다면 그것을 주겠네. 배를 완성할 수 있도록 우리가 도와주도록 하지. 천은 물론이고 인력도 제공하겠네."

태하는 추장이 갑자기 자신을 떠나라고 하는 것이 선뜻 이해가 가지 않았다.

"저, 어르신, 왜 갑자기 제가 떠나는 것에 이렇게 긍정적이 되신 겁니까?"

"어차피 이 부락에서 신녀가 없어진다고 해서 우리가 죽지는 않아. 신성한 나무가 계시니까. 그러니 그녀를 죽이든 살리든 자네가 마음대로 하게."

"데리고 떠나란 말씀이십니까?"

"아마 자네가 이곳을 떠나면 어차피 그녀는 목숨을 끊고 죽겠지. 그럴 바엔 신성한 나무에서 멀리 떨어진 곳에 데리고 가서 그녀를 죽이는 것이 옳다고 생각하네."

"허 참……."

"뭐, 자네의 주장대로라면 결혼은 아직 성사된 것이 아니니 정략 상대쯤으로 생각해 주게. 그렇다면 그녀를 데리고 떠나도 괜찮겠지?"

"흠."

그는 태하에게 절충안을 제시한 것이다.

어차피 태하는 결혼을 할 수 없다고 했으니 그에 준하는 '약혼'으로 두 사람을 묶어두고 걸핏하면 자살 소동을 벌이는 그녀를 살리려는 생각인 것 같았다.

태하 역시 사람이 죽는 것을 가만히 내버려 둘 정도로 악한 사람은 아니니 어떤 여정이 있든 간에 그녀를 데리고 떠나 줄 수 있겠다고 판단한 것이다.

추장의 입장에선 아주 합리적으로 내린 결정이었지만 태하의 입장에선 조금 껄끄러운 면이 있었다.

"그래도 약혼녀는 좀……."

"마음대로 하게. 어차피 신성한 나무의 품으로 돌아가면 다 똑같으니까."

"……."

이렇게 우격다짐으로 밀어붙이는데 태하라고 별수 있을 리 없었다.

"좋습니다. 그녀를 데리고 떠나지요."

"정말인가?"

"다만 그녀와 저는 맺어질 수 없을 겁니다. 그래도 그녀가 괜찮다면 함께 가겠습니다."

"그건 히우네에게 물어봐야 할 문제 아니겠나?"

"그렇군요."

태하는 씁쓸한 마음으로 그녀의 처소로 향했다.

*　　　　*　　　　*

신성한 나무 근처에 오두막을 짓고 사는 그녀에게 찾아간 태하는 한 손에 고기를 들고 있었다.

똑똑.

"계십니까?"

"부인의 처소에 기척을 하고 들어오시다니, 그러지 마십시오."

태하는 대답 대신에 고기를 내밀었다.

"오늘 아침에 사냥한 겁니다. 드세요."

"……?"

"지금까진 당신이 내게 주기만 했잖아요. 나도 당신에게 뭔가를 좀 주고 싶어서요."

"…왜요? 나를 떠나시려고요?"

"아닙니다. 저와 함께 갑시다. 기왕지사 이렇게 된 김에 함께 길을 떠납시다."

"정말요?!"

"하지만 조건이 있습니다. 추장님께 당신과의 결혼이 무효라는 인정을 받았습니다. 그러니 당신과 나는 부부로 이어질 수 없어요."

"……."

"그러나 추장님께서 저에게 정략 상대가 되라는 말씀을 하시더군요."

그녀는 한순간 침울해졌다가 다시 반색하며 일어섰다.

"저, 정말이지요?!"

"다만 결혼은 할 수 없습니다. 정략 상대로도 괜찮아요?"

"물론이지요!"

지금까지 그녀가 이토록 환희에 찬 표정을 지은 적이 한 번이라도 있던가?

태하는 씁쓸한 생각이 스쳤다.

'그녀가 알면 무슨 생각을 할까?'

지금껏 그녀를 품에 안은 태하에게 새로운 정략 상대가 생긴다는 것은 아주 슬픈 일이다.

하지만 인디오들의 사상처럼 자연은 흘러가는 대로 가만히 내버려 두면 모든 것을 알아서 해결해 줄 것이다.

언젠가는 모든 것이 제자리를 찾아서 갈 것이라 믿어 의심치 않는 태하이다.

*   *   *

천검진을 이용하여 혼자서 작업하던 태하에게 500명이 넘는 동료가 생겨 배를 완성하는 데 고작 7일이 걸렸다.

그는 지금까지 혼자서 도대체 무엇을 하고 있던 것인지 모를 정도로 흡족한 결과를 보았다.

펄럭!

해풍의 영향을 잘 받도록 아주 탄탄하게 설계된 돛대가 바람을 품어 볼록하게 배를 내밀었다.

이제 태하는 진정 이곳을 떠날 준비가 다 되었다고 생각했다.

그는 이곳을 떠나기 전에 그녀가 입을 옷과 덮고 잘 이불, 그리고 당분간 먹을 식량과 식수 등을 보충하였다.

동물을 잡아서 그것을 햇볕에 잘 말려 육포를 만들고 그 가죽은 옷과 이불을 만들었다.

또한 바다에서 잡은 물개의 가죽으로 물통을 지어 맑은 물을 담고 가끔씩 낚시로 식량을 충당할 수 있도록 낚싯바늘도 꽤 많이 장만했다.

여기에 그녀에게 생길지도 모르는 괴혈병을 막기 위해 비타

민이 풍부한 레몬과 같은 과일들을 설탕에 절여 청을 만들어 두었다.

설탕으로 청을 만들면 아무리 시일이 오래 흘러도 그것을 충분히 섭취할 수 있으니 문제가 되지 않을 것이다.

무려 보름 동안이나 떠날 채비를 한 태하는 다시 겨울이 올 때쯤이 되어 군락을 떠날 수 있게 되었다.

추장은 자신의 오랜 경험으로 다져진 혜안으로 그의 갈 길을 일러주었다.

"옛 선인들이 말씀하시길 바다의 흐름을 따라서 북극성을 등지다 보면 얼음 대륙이 나오고 그 반대로 가면 뜨거운 불의 땅이 나온다고 하셨네."

"아아, 그러니까 북쪽이나 동, 서로 가라는 말씀이시군요?"

"그래, 그렇게 가면 될 걸세."

"감사합니다."

그는 히우네에게 작별을 고했다.

"신녀여, 앞으로 가시는 길에 행운과 행복만이 가득하길 빌겠소."

"감사합니다, 위대한 추장이시여."

짧게 인사를 끝낸 두 사람은 배에 올랐다.

태하는 대장간에서 자신이 직접 제작한 닻을 올렸다.

끼리리리릭!

"저희들은 이만 갑니다! 안녕히 계세요!"

"잘 가게!"

"안녕!"

만약 태하에게 중요한 임무가 없었다면 이곳에서 한없이 머물고 싶은 마음이 있었지만 그것은 부질없는 바람일 뿐이다.

그는 키를 잡아 강을 벗어났다.

쏴아아!

얼마 지나지 않아 나타난 바다에는 순풍이 불었고, 두 사람이 앞으로 나아가는 데 전혀 문제가 없었다.

"유럽으로 갑시다."

"네."

그는 도대체 얼마나 걸릴지 모를 항해를 시작하였다.

*   *   *

항해 일주일째, 태하는 대서양 한복판에서 키를 돌리고 있었다.

망망대해를 떠돌다 보면 방위를 잡기가 힘든데, 그는 지금 자신이 어디쯤 와 있는지 도대체 가늠을 할 수가 없었다.

"남극이 나오지 않는 것을 보면 제대로 가고 있는 것 같기는 한데, 도대체 어디로 가고 있는 것인지는 알 수가 없군요."

"제가 친구들에게 물어볼까요?"

"정령들 말입니까?"

"바람의 정령들은 자신들이 온 방향에 대해서 잘 알아요. 당신이 원하는 곳이 어디인지는 몰라도 언제쯤 육지에 닿을 수 있을지는 가늠할 수 있죠."

"그래요. 부탁합니다."

그녀는 수평선을 타고 불어오는 순풍을 향해 두 팔을 벌리고 눈을 감았다.

스스스스!

히우네의 몸에서 반짝거리는 은색 가루가 떨어져 바람에 흩날렸는데, 그 바람은 가루를 머금고 한 여자의 형상을 이뤄냈다.

태하는 생전 태어나 처음으로 CG가 아니라 실제로 자연의 정령을 눈으로 직접 보게 되었다.

바람의 정령은 아주 수줍은 미소를 지으며 두 사람을 번갈아 보았다.

"제 약혼자예요. 어때요?"

그녀는 박수를 치며 두 사람의 약혼을 축하해 주었다.

히우네는 바람의 정령에게 지금 이곳의 위치와 육지의 방향에 대해 물었다.

"엄청나게 사람이 많은 대륙을 찾고 있대요. 그곳까진 얼마나 걸릴까요?"

바람의 정령은 손가락을 정확하게 156번 접었다.

"156일이 걸린다는 소리인 것 같은데……."

"네, 맞아요. 그 정도 걸린대요."

"으음, 그렇다면 앞으로 식량 조달 문제가 좀 크겠군요. 아무래도 제가 힘을 써야겠습니다."

"……?"

지금까진 방위를 잡기 힘들어서 자연풍으로만 항해하고 있었지만 확신이 생긴 이후에야 거칠 것이 없었다.

태하는 천겸진의 폭풍일식으로 동력을 만들어냈다.

쏴아아아아아아아!

마치 디젤모터를 단 것처럼 거침없고 쏜살같이 달려가는 배의 돛이 미친 듯이 펄럭였다.

"어머나!"

"이렇게 달려야 당신이 무사히 육지에 닿을 수 있겠어요."

"그, 그렇지만 이렇게 달려선 당신이 무사할 수 없을 것 같은데요?"

"나는 걱정하지 말아요. 밤마다 충분히 충전하고 있으니 문제될 것 없습니다."

"그건 그렇지만……."

"하하, 당신은 내 걱정보다는 식량이 떨어지면 뭘 먹을지나 생각해 보십시오. 제가 구해줄 수 있는 것은 다 구해오겠습니다. 그러니 먹는 방법만 궁리하면 될 겁니다."

"으음, 그래요. 알겠어요."

두 사람은 바다 위의 아담과 이브처럼 오순도순 배를 몰아갔다.

항해 50일째, 드디어 식량이 바닥을 드러냈다.

태하는 배를 천천히 몰면서 바다에서 잡은 미끼로 낚싯대를 던져두었는데, 인근에서 잡히는 어획량이 꽤 많았다.

만약 이곳에서 어업을 한다면 꽤 돈벌이가 좋을 것 같았다.

그러나 좋은 음식도 백날을 먹으면 질리듯 매일 생선만 먹었더니 입에서 비린내가 나는 것 같았다.

태하는 원래 자신의 험난한 길을 각오하고 있었으나 그녀의 경우엔 달랐다.

그는 서서히 지쳐가는 그녀에게 미안한 표정을 지었다.

"괜찮아요?"

"…물론이죠. 당신과 함께라면 난 좋아요."

정령들의 도움으로 지금까지 근근이 버티고는 있었지만 조만간 탈이 나도 단단히 날 것이 분명했다.

태하는 주변에 배를 정박시키고 싶었지만 배를 댈 수 있는 적당한 곳을 찾기가 힘들었다.

"으음, 이를 어찌하면 좋단 말인가?"

아무리 자신이 좋아서 태하를 따라온 것이라곤 하지만 그녀의 고생이 이만저만이 아니니 그 마음이 썩 좋지가 못했다.

그는 지금이라도 배를 돌려 온 곳으로 다시 되돌아갈까 하는 생각이 들었다.

"히우네, 다시 고향으로 돌아갈까요?"

"…아니요. 그럴 수는 없어요."

"하지만 당신은 앞으로 더 힘든 나날을 겪게 될 겁니다. 이곳은 시작에 불과할지도 몰라요."

"괜찮아요. 당신이 있는 곳이 내가 있을 곳이에요. 그리고 저는 남자의 앞길이나 막는 그런 바보가 아닙니다."

"으음……."

"당신은 당신의 길을 가세요. 저는 당신의 뒤를 묵묵히 따를 뿐이니까요."

만약 그녀가 제대로 된 환경에서 태하를 내조했다면 정말 큰 자리를 하나 꿰찼을지도 모를 일이다.

'그래, 정말 괜찮은 여자야. 내 아내로 삼고 싶은 욕심이 날 만큼.'

그는 이렇게 좋은 사람이 고생하는 것이 못내 마음이 아팠지만 해야 할 일이 분명히 있었다.

"용기를 잃지 마세요."

"그래요, 당신 덕분에 정신이 번쩍 드는군요. 고맙습니다."

"…앞으로 함께할 날이 더 많은데 그런 말 마세요. 그리고 당신에게 조금이라도 도움이 되었다면 저야 기쁘지요."

태하는 그녀의 어깨를 두드려 주어 약간이나마 힘이 되어 주었다.

*   *   *

항해 150일째, 두 사람은 바다에 완벽하게 적응하였다.

바다에서 잡은 생선들을 말려서 불의 정령이 피워낸 아주 작은 불씨로 필요할 때마다 구워 먹으면 비린내도 적고 감칠맛도 있었다.

때문에 히우네는 시간이 날 때마다 잡아들인 생선을 나무 꼬치에 끼워 볕이 잘 드는 곳에 말려두었다.

태하는 하루 종일 낚싯대를 드리웠다가 비가 오는 날엔 식수를 조달하였는데, 물을 정화하는 것은 정령의 몫이었다.

이렇게 두 사람의 합이 잘 맞으니 바다에서 적응하는 일이 아주 순조로울 수 있었다.

그런 두 사람의 항해 앞에 정말 크나큰 시련이 닥쳐왔다.

우르르릉, 쾅앙!

망망대해 한복판에서 태풍을 만난 두 사람은 갑판 위에서 바람과 한바탕 씨름을 벌이고 있었다.

"키를 좌로 꺾어요!"

"네!"

촤르르르르륵!

그녀가 키를 잡고 돌리면 태하는 천검진을 사용하여 돛을 알맞은 방향으로 돌렸다.

바람을 잘 이용하면 파도에 휩쓸리지 않기 때문에 비교적 안전한 항해가 가능했다. 그러나 그것도 그리 오래갈 것으로 보이진 않았다.

풍랑이 점점 거세져 바람이 지금보다 더 크게 불면 돛을 접고 그저 울렁이는 너울성 파도에 몸을 맡길 수밖에 없다.

태하와 히우네는 이제 그 순간이 얼마 남지 않았다는 것을 너무나도 잘 알고 있었다.

"잘못하면 배가 좌초되겠어요! 비바람이 너무 거세요!"

"…어쩔 수 없습니다! 신에게 모든 것을 맡기는 수밖에요!"

제아무리 정령의 친구라곤 해도 풍랑을 어쩔 수는 없으니 히우네 역시 별 방법이 없었다.

태하 역시 천검진으로 위기를 돌파할 수 있을까 싶었지만 무공으로는 대자연을 거스를 수 없었다.

두 사람은 점점 더 거칠어지는 바람 때문에 돛을 접고 키를 잡은 채 파도를 타기 시작했다.

좌락!

끼익, 끼익!

배가 좌우로 심하게 흔들려서 키가 제대로 말을 듣지 않았으나 조종을 하는 것과 하지 않는 것은 천지차이였다.

"힘냅시다! 하늘은 우리를 버리지 않을 겁니다!"

"제가 기도하고 있으니 우리를 보우해 주시겠지요!"

넘실대는 파도를 타고 바다 위를 유영하던 태하와 그녀는 무려 다섯 시간을 내리 버텼다.

그러나 아무래도 하늘은 두 사람의 편이 아닌 모양이었다.

우르릉, 콰앙!

번쩍!

하늘에서 떨어져 내린 낙뢰가 돛대를 쳤고, 그 영향으로 배가 한쪽으로 기울어져 버렸다.

쩌저저적!

"이런 빌어먹을!"

"배, 배가 좌초돼요!"

"어쩔 수 없습니다! 이젠 정말 하늘에 맡기는 수밖에요!"

태하는 단단한 밧줄로 그녀와 자신을 연결하고 좌초되는 배에서 적당한 나뭇조각 하나를 떼어내 망망대해로 몸을 던졌다.

첨벙!

만약 좌초되는 배에 가만히 타고 있다간 물살에 휩쓸려 더 위험한 상황이 벌어질 수 있으니 미리 대피한 것이다.

그러나 지금까지 육지에서만 살아온 그녀로선 바다에서의 유영이 쉽지가 않았다.

"어푸, 어푸!"

"내 등에 매달려서 머리를 물 밖으로 내밀어요! 난 괜찮아요!"

"…미안해요. 이럴 때 도움이 되지 못해서."

"그런 말씀 마세요. 이럴 때 곁에 사람이라도 없으면 무서워서 어떻게 견딥니까?"

태하는 천검진으로 부력을 만들어 둥둥 떠다니고 있었지만 언제 파도에 휩쓸려 죽을지는 알 수가 없었다.

잠시 후, 두 사람의 앞에 생존에 걸림돌이 되는 결정타가 날아들었다.

우르릉, 콰앙!

다시 한 번 몰아친 벼락이 태하가 잡고 있던 부목을 날려 버린 것이다.

쩌적!

"으허억!"

"꼬르르륵!"

그나마 나무라 전기가 통하지 않아 당장 생명에는 지장이 없었지만 문제는 잡고 있을 무언가가 없어 부력이 모자란다는 점이다.

태하는 정신이 없는 가운데에서도 간신히 숨을 쉬고 있었으나, 그녀는 벌써 기절해 버린 지 오래였다.

"히우네! 히우네!"

그는 어떻게든 이곳을 빠져나갈 방법을 찾아야겠다고 결심했다.

스스스스!

심연 깊은 속에서 끌어 넘치던 대설심법의 구결을 손끝으로 펼쳐낸 태하는 그것을 파도의 위로 떨어뜨려 버렸다.

"허업!"

쩽그랑!

높이 7미터의 초대형 파도가 그대로 얼어붙으면서 태하의 앞에 거대한 빙판이 되어 나타났다.

그는 그 위로 올라선 후 바닥에 검진으로 디딤판을 만들었다.

태하는 히우네를 디딤판 위에 올린 후 마구 따귀를 때렸다.

짜악, 짜악!

"히우네! 히우네!"

"……."

"젠장!"

그는 재빨리 혈도를 짚어 폐에 가득 차 있을 물을 빼내고 심장을 마사지하였다.

투두둑!

그러자 입에서 분수처럼 물이 솟아 올랐다.

"콜록, 콜록!"

"괘, 괜찮아요?!"

"…태하 님?"

"휴우, 아주 딱 죽는 줄 알았습니다!"

"여긴……?"

"빙판 위입니다. 제가 검술로 만들었어요."

"고마워요. 내 생명을 또 구해주셨군요."

"그런 말씀 마세요. 우리는 이제 운명 공동체 아닙니까?"

"저를 그렇게 생각해 주시다니 기뻐요."

"정말입니다. 우리는 이제 앞으로도 이렇게 서로를 의지하며 위기의 순간을 헤쳐 나가야 합니다."

그녀는 태하의 손을 꼭 잡았다.

"다행입니다. 당신을 만나고 알게 되어서요."

"저도요."

두 사람이 전우애 그 이상의 뭔가를 느끼고 있을 무렵, 전방에 거대한 함선이 하나 나타났다.

땡땡땡!

태하는 함선의 깃발에 아주 익숙한 무언가가 새겨져 있음을 알 수 있었다.

"명화방!"

"아는 사람들인가요?"

"얘기하자면 복잡합니다만, 엄연히 따지자면 동료가 될 사람들이기도 하지요."

"……?"

"자세한 얘기는 나중에 합시다. 일단 저들에게 구조를 요청하는 것이 급선무입니다."

"알겠어요."

태하는 그녀를 등에 업은 채 건곤대나이를 운용했다.

스스스스스!

"건곤대나이!"

건곤대나이의 구결이 태하의 손에서 뻗어 나가면서 그를 향해 달려드는 파도를 한차례 밀어냈다.

찰랑!

물론 이렇게 파도를 밀어낸다고 해서 자연재해를 당하지 않는 것은 아니지만 명화방의 고수들이라면 이 기운을 충분히 느낄 것이다.

태하의 일장이 파도를 밀어내고 난 후 곧바로 뱃머리가 태하 쪽으로 돌아갔다.

"돼, 됐다!"

"저 사람들이 우리의 위치를 어떻게 알아낸 것이죠?"

"같은 사문의 무공이니 당연히 제 위치를 알아낼 수 있었을 겁니다."

명화방의 깃발을 단 배가 태하의 앞으로 빠르게 다가오더니 이내 그 위에서 한 노인이 떨어져 내렸다.

파밧!

그는 이 묵직한 느낌이 어쩐지 익숙했다.

"…천태공?"

"귀하는 누구이시기에 우리 사문의 무공을 사용하는가? 그것도 교주에게서만 전승되던 것을 말이야."

"믿기 힘드시겠지만 저는 한빙검을 물려받은 사람입니다."

순간 천태의 눈동자에서 강력하고 붉은 이기가 뿜어져 나왔다.

스스스스!

이미 천태는 자연경의 경지를 훌쩍 뛰어넘은 것인지 주변의 성난 파도마저 잠재울 정도였다.

그는 가만히 태하의 눈동자를 바라보았다.

무인과 무인이 나누는 것은 검과 기 말고도 또 다른 것이 있다.

천태는 태하의 눈동자로 무언의 압박을 보냈고, 태하는 그것을 아주 당당하게 맞받아쳤다.

그제야 태하에 대한 의심을 조금이나마 거두어들인 천태가
태하에게 손을 건넸다.

"…나와 할 얘기가 있을 것 같군."

"예, 어르신."

"가세."

태하는 천태와 함께 명화방의 상선에 올랐다.

외전-2. 선인의 제자

한겨울, 차가운 바람이 불고 있다.

휘이이이잉!

어젯밤, 대전역 동서 관통로에 사는 두 명의 노숙자가 추위를 이기지 못하고 얼어 죽었다.

그들의 정확한 사인은 저체온증으로 인한 심장마비. 부검 결과 경찰은 그들이 몸에 다량의 수분을 묻히고 있어 그것이 쇼크를 유발했다고 밝혔다.

막노동판에서의 일당 8만 원, 그러나 이마저도 자리가 없어서 일을 할 수가 없다.

일거리가 줄어드는 한겨울에 일용직 근로자를 고용하지는 않기 때문이다.

그리하여 폐지를 줍기 위해 거리로 나가지만 그 또한 잘 벌어봐야 고작 하루에 몇천 원이다.

사정이 이렇다 보니 노숙자들이 제대로 된 숙소를 구할 수 있을 리가 만무했고, 두 사람은 꽤나 고된 겨울 노숙을 두 병의 소주로 달랬더랬다.

추위를 이기기 위해 술을 마셨고, 그로 인해 몸의 체온은 급격하게 떨어져 끝내 죽음을 맞이한 것이다.

차가운 대전 역사 바닥, 그들은 그렇게 초라한 바람을 맞으며 죽어갔다.

바로 어제까지만 해도 그들의 곁에서 잠을 청하던 명수는 깊은 한숨을 내뱉었다.

"인생무상이라고 하더니 이 형님들이 이렇게 갈 줄은 꿈에도 몰랐군."

그는 주머니에 남아 있던 잔돈을 모두 털어 산 소주 한 병과 새우깡 한 봉지를 뜯어 그들이 누워 있던 자리에 내려놓았다.

하루에 한 끼도 제대로 못 먹는 노숙자의 삶에 제대로 된 장례를 치러주긴 힘들다.

그나마 이렇게라도 술을 따라줄 수 있다는 것을 감사하게 여길 뿐이다.

덤덤한 표정의 명수 곁으로 한 사내가 걸어왔다.

"딸내미 얼굴 한번 보는 것이 소원이라고 하더니 그것도 순 뻥이었군."

명수의 옆자리에 사는 김 씨다.

"무연고 시신 처리 시설이라니, 인생 참……."

객사한 것도 서러울 판에 무연고 시신 처리 시설에서 홀로 쓸쓸이 타 없어질 것을 생각하니 못내 가슴이 아프다.

하지만 어쩔 수 없다. 이 세상에 사연 하나쯤 없는 사람 없고, 둘은 그 많은 사람들 중 하나일 뿐이다.

명수는 고인들이 누워 있던 자리에 소주를 한 모금씩 붓고 난 후 남은 소주의 절반을 삼켰다.

꿀꺽!

"한잔하시렵니까?"

김 씨는 명수의 잔을 받아 그것을 남김없이 털어 넣었다.

꿀꺽, 꿀꺽!

"후우! 거참, 기분 한번 씁쓸하군."

조촐한 장례식이 끝나고 나자 거리에 나풀나풀 싸라기눈이 내리기 시작했다.

명수는 하늘을 바라보며 낮게 읊조렸다.

"아무래도 오늘은 제대로 일을 하긴 글렀군요."

입술과 콧잔등이 붙어버린 언청이, 게다가 한쪽 귀는 생기다 말아서 형태조차 존재하지 않는 명수다.

이런 흉측한 얼굴에 손가락과 발가락이 절반밖에 없으니 그가 제대로 할 수 있는 일은 거의 없었다.

하지만 그래도 하루하루 연명하기 위해 발버둥 치던 명수다.

"어쩔 수 있어? 구걸이나 좀 해보다가 안 되면 술병이라도 주워다 팔아야지."

명수는 씁쓸한 미소를 지었다.

"그렇겠지요?"

눈발이 잔잔하게 흩날리는 거리, 사람들의 얼굴은 꽤나 행복해 보였다.

＊　　　　＊　　　　＊

이른 새벽, 반쪽짜리 발과 손에 의수와 의족을 끼워 간신히 몸을 운신하는 명수가 인력 시장으로 향하고 있다.

절뚝거리는 몸을 이끌고 다니는 그의 얼굴에는 어김없이 마스크가 씌워져 있었다.

입술의 거의 1/3이 콧잔등에 붙어버린 그의 흉측한 얼굴을 보고서도 채용하는 고용주는 없기 때문이다.

대전 역사에서 약 10분 남짓한 거리에 있는 인력소는 여전히 일용직 근로 희망자로 넘쳐났다.

"내가 좀 늦은 건가?"

의족으로 덧대긴 했지만 그의 걸음걸이는 일반인에 비해 절반 정도 느린 편이다.

남들보다 일찍 일어나도 몸이 받쳐주지 못하니 밥을 굶기 일쑤인 것이다.

더군다나 인력소 텃새는 생각보다 거셌다.

인력소 입구에 서 있던 명수에게 한 청년이 다가와 어깨를 강하게 부딪치고 지나간다.

픽!

덕분에 중심을 잃고 쓰러진 명수가 바닥에 무릎을 찧었다.

"크윽!"

청년은 누런 이를 드러내며 이죽거린다.

"어이쿠, 미안해서 어쩌나? 병신인 줄 모르고 어깨빵을 해버렸네?"

명수는 몸에 묻은 먼지와 오물들을 툭툭 털어내고는 곧장 자리에서 일어섰다.

"괜찮아. 뭐, 하루 이틀도 아니고."

나이로 따지면 명수가 두세 살 많은 것 같지만 그렇다고 형

대접을 받을 생각은 전혀 없다.

어차피 이 사람도 경쟁자고, 명수가 일을 나가면 그는 하루 품삯을 벌 확률이 줄어든다.

하루 벌어 하루를 먹고사는 공사판의 생리란 바로 그런 것이다.

잠시 후, 인력 알선 영수증을 든 인력소장이 밖으로 나왔다.

"모아환경 선착순 두 명!"

한겨울, 일거리가 있는 것만으로도 감지덕지할 판에 선착순이란 흔한 것이 아니었다.

하지만 그 어떤 사람도 쉽사리 손을 들지 못한다.

모아환경은 일을 해주고도 돈을 못 받는 경우가 허다하며, 사람을 부려먹는 것 또한 악독하기로 유명한 업체였기 때문이다.

모아환경에서 하루라도 일을 해본 사람이라면 누구라도 고개를 가로저을 정도이다.

"제가 가겠습니다."

인력소장이 고개를 갸웃거린다.

"자네가 모아에서 제대로 일을 할 수 있겠어?"

"반푼이라도 일은 할 수 있습니다."

그는 어깨를 으쓱거렸다.

"그래? 그럼 한번 나가보던가. 하지만 나갔다가 거절당해도 난 모르는 일이야."

"물론이지요."

어차피 오늘 하루 일을 나가지 못하면 추위에 벌벌 떨어야 하는 것이 노숙자 신세다.

명수보다 조금 늦게 도착한 김 씨가 인력소장에게서 영수증을 빼앗듯이 낚아챘다.

"둘둘 짝이죠? 나머지 한 자리는 제가 채우지요."

"나갈 수 있겠어?"

김 씨는 허리를 구부리지 못하는 고질병을 앓고 있는데, 대부분의 공사 현장에서 그를 꺼리는 경향이 있었다.

그렇다고 그가 일을 아예 할 수 없는 것은 아니지만 몸이 불편한 사람보다는 멀쩡한 사람을 선호하는 것은 당연한 일이다.

"나갔다 퇴짜 맞으면 그냥 돌아오면 그만 아닙니까?"

소장은 귀찮다는 듯이 손을 내젓는다.

"알아서들 하라고. 어차피 모아는 버리는 거래처니까."

거래처에 아무런 신경을 쓰지 않는다는 것은 돈을 떼여도 제때 받아줄 수 없을지도 모른다는 뜻이다.

그러나 최소한 그곳에 가면 아침밥은 얻어먹을 수 있을 테니 나쁠 것은 없었다.

두 사람은 도보로 약 30분가량 걸리는 철거 회사로 향했다.

＊　　　＊　　　＊

오늘 두 사람이 하게 된 일은 일당 10만 원을 줘도 백이면 백 진저리를 치는 일거리였다.

철거 현장에서 나온 폐기물을 처리하는 과정에서 중장비가 할 수 없는 일이 발생한다.

초대형 트럭 짐칸을 가득 채운 산업폐기물이 폐기물 창고로 들어가고 나면 바닥에 남은 찌꺼기가 남기 때문이다.

오늘 두 사람이 할 일은 바로 이 찌꺼기를 치우는 일이었다.

방진복도 없이 오로지 방진 마스크 하나에 의지해 산업폐기물을 치우는 일이란 그리 간단한 작업이 아니었다.

"쿨럭, 쿨럭!"

폐부 깊숙이 이름 모를 먼지 덩이가 불쑥 들어와 가슴을 찌른다.

고통스러운 일의 연속이지만 명수와 김 씨는 이를 악물고 참아냈다.

이런 일이나마 할 수 없다면 오늘도 굶어야 하기 때문이다.

아침나절부터 시작한 일은 10시를 기해 잠시 휴식에 들어 갔다.

"아저씨들! 여기에 참을 놓고 갈 테니 먹고 알아서 일하세 요!"

철거 현장 직원은 그들에게 크림빵과 200ml짜리 우유 한 팩을 놓고 홀연히 사라졌다.

악취와 유해 물질이 난무하는 이곳에서 1초라도 더 있고 싶은 사람은 아무도 없을 것이다.

둘은 재빨리 걸어가 빵과 우유를 챙겨 짐칸을 빠져나왔 다.

명수는 방진 마스크를 벗어 비교적 청량한 공기를 머금었 다.

"후아!"

이제 좀 살 것 같은 느낌이다.

현장이 다소 먼 곳에 있다는 이유로 아침을 얻어먹지 못한 명수는 미친 듯한 허기에 시달리고 있었다.

"먹자고!"

김 씨 역시 배고픈 것은 마찬가지. 그는 허겁지겁 빵을 먹 어치웠다.

그를 따라 빵의 겉 봉지를 뜯어내려던 명수는 자신의 곁으 로 다가온 한 노인을 발견할 수 있었다.

"저기……"

피골이 상접한 노인은 70대 중반에서 80대 초반으로 보였는데, 눈에 초점이 제대로 맞지 않는 듯 두 개의 눈이 따로 돌아가고 있었다.

등에 넝마를 담는 바구니를 메고 있어 그가 넝마주이라는 사실을 어렵지 않게 알 수 있었다.

폐기물 현장에서 나올 것은 뻔하지만 굶는 것보다는 낫다고 판단한 모양이다.

"젊은이, 내가 배가 너무 고파서 그런데 그 빵을 조금만 나누어줄 수 없겠는가?"

김 씨는 정체불명의 노인을 문전박대했다.

"훠이! 저리 썩 꺼지쇼! 보아하니 폐기물 창고에서 넝마주이나 하는 모양인데, 우리가 함께 있는 것을 직원이 보기라도 한다면 곧장 퇴출이야!"

"그렇지만 내가 며칠째 먹은 것이 없어서……"

사시나무 떨듯 떨리고 있는 다리, 명수는 그에게 빵을 건넸다.

"별것 아닙니다만, 이거라도 좀 드시지요."

김 씨는 뒤집어질 듯이 놀라며 명수를 만류했다.

"어허! 그랬다가 쫓겨나면 어쩌려고?!"

"며칠 전부터 아무것도 먹지 못했다고 하지 않습니까?"

그는 명수의 멱살을 쥐어 잡았다.

쫘득!

"어이, 명수! 자네만 사람인 줄 알아? 나도 사람이야! 나라고 저 노인네 도와주고 싶지 않겠어?!"

"하지만……."

"적당히 하라고. 내 코가 석 자야. 알긴 알아?"

두 사람이 실랑이를 벌이고 있을 때, 저 멀리서 본청 업체 직원이 걸어오고 있다.

"작업 시작하시죠?!"

어쩔 수 없이 명수의 멱살을 놓은 김 씨가 그를 이끌고 현장으로 향한다.

"아무튼 남은 얘기는 오늘 일이 끝나고 하자고."

명수는 노인에게 건네려던 빵을 그가 서 있는 방향으로 집어 던졌다.

이렇게라도 끼니를 때우면 죽지는 않겠다 싶었던 것이다.

노인도 그 마음을 아는지 빵을 주워서 홀연히 그 자리를 떠났다.

＊　　　＊　　　＊

치열하던 하루의 현장이 드디어 끝을 보인다.

무려 넉 대의 대형 트럭 특장 칸을 치워낸 두 사람은 녹초가 되어 늘어졌다.

"휴우, 역시 쉽지 않은 일이네요."

"그러게 말이야."

워낙에 힘든 일이고 방진복도 제대로 갖추지 못한 탓에 철거 회사에서도 군말 없이 두 사람에게 즉시 임금을 지급했다.

각자 9만 원이라는 돈을 받아 인력소에 9천 원을 수수료로 떼어주고 남은 돈은 8만 원가량이다.

"그럼 나는 볼일이 있어서 말이야. 나중에 보자고."

"예, 알겠습니다."

김 씨의 모습이 명수에게서 멀어진다.

명수는 그대로 대전역 뒷골목을 지나 다 쓰러져 가는 목욕탕 앞에 섰다.

"지금쯤이면 사람이 없겠지?"

그는 꾸벅꾸벅 졸고 있는 목욕탕 주인을 깨웠다.

똑똑똑.

"아저씨, 목욕합니까?"

"엥? 명수 왔어?"

"예."

가끔가다 막노동판 일거리가 생기면 이따금 몸을 데우고

오물을 씻어내던 목욕탕이라 명수와는 다소 안면이 있었다.

그는 한숨을 푹 내쉰다.

"휴우, 끝물이라 받아주는 거지 아니면 어림도 없어. 다음부터는 그런 복장으로 드나들지 마."

어디를 가도 명수는 환영받지 못하는 존재인 듯하다.

그러나 그는 엷은 미소로 답했다.

"네, 알겠습니다."

3천 5백 원짜리 목욕 티켓을 끊어 들어선 목욕탕엔 사람 한 명 보이지 않았다.

"잘되었군."

명수는 악취가 진동하는 옷을 벗어 쓰레기봉투에 집어넣어 입구를 꽉 묶었다.

아무리 노숙자라도 산업폐기물 더미 속을 뒹굴던 옷을 그대로 입을 수는 없기 때문이다.

아직까지 후끈후끈한 열기가 느껴지는 목욕탕 안으로 들어선 명수는 샤워기를 부여잡고 오물을 닦아내기 시작했다.

"어허, 좋다!"

도대체 얼마만의 샤워란 말인가?

정체불명의 구정물이 배수로를 따라 흘러내려 간다.

그것을 바라보는 명수의 표정에 회한이 느껴진다.

"휴우, 이래서야 언제 지수를 데리고 온담?"

어려서부터 그의 집은 가난했고, 어머니는 명수와 지수 남매를 먹여 살리기 위해 사기라는 극단적인 방법을 선택했다.

덕분에 친척들은 그들을 철저하게 외면했고, 명수의 어머니가 급환으로 목숨을 잃을 때도 코빼기 한 번 비추지 않았다.

생활고 때문에 벌인 사기극이었지만 그것으로 인해 버림받은 것이다.

어머니는 명수가 스무 살 때 돌아가셨고, 그는 어쩔 수 없이 동생을 어디에라도 맡길 수밖에 없었다.

명수의 동생 지수는 어려서부터 지금까지 고아원에서 자라나 아직도 그곳에서 살고 있다.

아마 그녀는 명수가 자신을 버리고 도망갔다고 생각하고 있을지도 모른다.

그것을 생각하면 가슴이 찢어지는 것 같이 아파온다.

샤워기 물줄기를 타고 명수의 얼굴에서 눈물이 흘러내렸다.

"빌어먹을 몸뚱어리 같으니······."

만약 동생과 함께 살 수만 있다면 당장 영혼이라도 팔아먹을 것 같은 심정이다.

홀로 남은 목욕탕에 서서 눈물을 쏟아내던 명수는 문득 인

기척을 느꼈다.

끼이익.

오래된 목욕탕 문이 열리며 누군가 들어선다.

"크, 크흠! 물이 좀 뜨겁군!"

행여나 자신이 눈물을 흘린 것을 들킬까 그는 짐짓 헛기침을 해댔다.

문을 열고 들어선 것은 한 노인이었는데, 몰골이 명수와 견주어도 손색이 없을 정도로 남루했다.

"아까는 고마웠네."

그의 얼굴을 자세히 살펴본 명수는 화들짝 놀랐다.

"어르신?"

목욕탕으로 들어선 사람은 다름 아닌 명수가 아침나절에 빵을 건네준 노인이었다.

"덕분에 굶어 죽을 뻔한 고비를 넘기고 이렇게 목욕탕까지 왔다네."

명수는 멋쩍게 웃었다.

"제가 뭘 그렇게 대단한 일을 했다고. 신경 쓰지 마십시오."

노인은 고개를 가로저었다.

"아니, 아닐세. 요즘 세상에 자네 같은 사람이 또 어디에 있겠나?"

"그렇게 말씀하시니 제가 몸 둘 바를 모르겠네요."

겸연쩍게 웃은 명수는 노인의 모습을 다시 한 번 살펴보았다.

방금 전까지는 몰랐지만 명수는 그의 모습에서 이상한 점을 발견할 수 있었다.

피골이 상접한 그의 몸은 곧 쓰러질 듯이 메말라 있었지만, 피부 하나만큼은 마치 어린아이처럼 희고 부드러웠다.

더군다나 그는 앞을 볼 수 없는 사람인데, 어째서 이곳에 명수가 서 있다는 사실을 알았을까?

"저기, 어르신."

노인은 명수의 말을 단박에 잘라 버린다.

"내 이름은 청림이라고 하네. 성은 신 씨를 쓰고 있지."

"예?"

"자네 이름은 무엇인가?"

명수는 얼떨떨한 표정으로 답했다.

"명수, 강명수라고 합니다."

"그렇군."

이윽고 노인은 샤워 부스로 걸어가 몸을 씻어냈다.

그리고 목욕탕에 앉아 몸을 녹이는 동안 아무런 말도 꺼내지 않았다.

　　　　　*　　　　　*　　　　　*

　탕을 나선 후에도 노인은 아무런 말이 없었다.

　그저 묵묵히 자신이 입고 왔던 옷을 다시 입고 대나무로 만든 바구니를 들쳐 멜 뿐이다.

　명수는 그런 그에게 작게 고개를 숙였다.

　"그럼 살펴 가십시오."

　절뚝거리는 걸음으로 느릿느릿 골목길을 걸어가던 명수에게 노인이 불현듯 말했다.

　"저기, 청년."

　그는 반사적으로 고개를 돌렸다.

　"예?"

　"그 몸은 언제부터 그런 건가?"

　씁쓸한 표정이 된 명수가 말했다.

　"애석하지만 나서부터 지금까지 계속 이런 모습이었습니다. 그나마 다리나 팔이 한쪽 통째로 없는 사람보다는 낫지요."

　"그런가?"

　분명 이것은 명수에게 있어 상당히 괴롭고 아픈 부분이었지만, 그는 아무렇지 않은 듯이 웃었다.

　"반푼이라도 최소한 굶어 죽을 일은 없잖습니까?"

　"생각이 번듯한 젊은이군. 아주 세상을 달관했어."

"하하! 이것 참, 쑥스럽습니다."

"흐음, 뭐랄까? 마치 득도를 했다는 느낌이랄까?"

"뭐 그렇게까지 칭찬하실 일은 아닙니다만……."

노인은 명수에게 다가와 나무로 만든 장기 알을 건넸다.

장기판을 종횡무진하는 차(車)다.

"받게."

"이게 뭡니까?"

"내가 자네에게 주는 선물일세."

닳고 닳은 장기 알이 과연 무슨 쓸모가 있을까 싶었지만 명수는 꾸벅 고개를 숙였다.

"감사합니다."

"이것을 잘 보고 있게. 언젠가 자네의 새로운 길을 인도해 줄 걸세."

명수는 이 노인이 도대체 무슨 말을 하는 것인가 싶어 고개를 갸웃거렸다.

"예? 그게 무슨……."

"아무튼 그렇게만 알고 있으면 되네."

이윽고 노인은 어기적어기적 걸어 사라져 갔다.

하지만 느릿한 걸음과는 다르게도 몇 걸음 지나지 않아 명수의 시야에서 완전히 사라져 버렸다.

"으음?"

단 몇 초 만에 사라져 버린 노인을 바라보며 명수는 눈을 비비적거렸다.

"오늘 일을 조금 과하게 한 건가?"

명수는 전래 동화 속 홍길동도 아니고 사람이 그렇게 빨리 사라질 리가 없다고 생각했다.

"하암! 소주나 한잔 마시고 자야겠다!"

오늘따라 날씨가 좀 더 을씨년스럽지만 주머니가 든든하니 추위도 잊어버릴 듯하다.

*　　　　*　　　　*

뿌연 안개 속이다.

태어나서 이렇게 짙은 안개 속을 걸어본 기억이 있던가?

명수는 한 치 앞을 바라볼 수 없는 안개 속을 거닐며 문득 불안함을 느꼈다.

자신의 앞을 볼 수 없다는 것이 이렇게까지 깊은 공포감을 줄 수 있다는 것을 처음 깨달은 것이다.

하지만 이내 그는 실소를 흘렸다.

"내 인생과 닮았군. 내일 굶어 죽으나 얼어 죽으나 안개 때문에 실족사하나 뭐가 다르단 말인가?"

그제야 마음이 편해지며 몸이 가벼워진다.

하지만 마음 한편이 무거워지는 것은 어쩔 수 없었다.

"지수……."

비록 반푼이에 보잘것없는 오빠지만 그가 없다면 지수는 세상에 홀로 남게 된다.

바로 그때였다.

그의 앞을 막아서던 안개가 걷혔다.

명수는 자신의 앞에 있는 아름드리나무와 연못 하나를 발견했다.

"이건……."

순백색의 나무는 푸른 잎사귀가 풍성하게 달려 있었는데, 칠흑 같은 암흑 속에서도 빛이 나는 듯했다.

그가 생각하기에 이것은 분명 꿈이었지만 온몸의 감각이 지나칠 정도로 생생하게 살아 있었다.

바람의 향기와 물의 따스함, 그리고 녹음이 주는 편안함까지.

이제껏 그가 살아오면서 느껴보지 못한 진귀한 경험이었다.

이윽고 그의 앞에 백의 장삼을 입은 노인이 모습을 드러냈다.

그는 명수에게 자신을 따라오라는 고갯짓을 했다.

"술이나 한잔하겠나?"

"누구신지……."

노인은 태하에게 장기 알을 건넸다.

"이건……."

"술이나 한잔하면서 얘기하세나."

'그래, 꿈이라도 새로운 길을 찾을 수 있다면 따라야지.'

그는 노인을 따르기로 한다.

"그럼 염치 불구하고 한 잔 받겠습니다."

"가세."

두 사람은 장소를 옮기려 오솔길을 걸었다.

아름드리나무를 따라 난 오솔길 주변은 모두 보라색 꽃으로 수놓아져 있었는데, 명수는 태어나 지금까지 이렇게 독특한 향이 나는 꽃이 있다는 소리는 들어본 적이 없었다.

"저기 어르신, 이 꽃의 이름이 무엇인지 여쭈어도 되겠습니까?"

"이 꽃은 마력의 꽃일세. 몸에 좋은 것이니 한번 맛이라도 보게나."

명수는 마력의 꽃잎을 따서 크게 한입 털어 넣었다.

"크흐, 쓰군요. 몸에 좋은 것이라 그런지 맛도 참 깊습니다."

노인은 보일 듯 말 듯한 미소를 짓는다.

"그런가?"

명수는 분명 이것이 꿈이라고 생각하고 있었지만 어째서 이 렇게까지 감각이 또렷하게 살아 있는 것인지 이해할 수 없었다.

'이런 것을 두고 자각몽이라고 하는 건가?'

진실은 지금의 명수로서는 알 도리가 없었다.

그저 정체 모를 노인을 따라 걷고 또 걸을 뿐이었다.

＊　　　　　＊　　　　　＊

무려 나흘간이나 걸었지만 노인은 멈추어 설 생각을 하지 않았다.

"저기, 어르신?"

나흘 동안 노인은 명수에게 여러 가지 약초와 열매를 건네 곤 했는데, 하나같이 맛이 독특하기 이를 데 없는 것들이었다.

하지만 이젠 그것도 물려 밥이 간절한 지경에 이르렀다.

이번에도 노인은 명수에게 정체 모를 과일을 하나 건넸다.

"이게 뭡니까?"

"몸에 좋은 걸세. 맛이나 좀 보게."

잘 익은 사과처럼 생긴 열매지만 어쩐지 진한 술 냄새가 나는 듯하다.

어쩌면 속이 썩었을지도 모른다고 생각했지만 명수는 노인이 주는 것이니 사양하지 않고 그대로 한입 크게 베어 물었다.

꽈득!

"쩝쩝, 우욱!"

하마터면 과일을 뱉을 뻔했지만, 명수는 끝내 술 냄새가 나는 과즙을 목구멍으로 집어삼켰다.

꿀꺽!

"마, 맛이 참으로 희한한 열매군요."

"그건 주과라는 열매인데, 무척이나 귀한 것이라네. 술 맛이 나는 것은 과일이 원래 그런 것이니 이해하게."

"이해라니요, 귀한 것이라는데 감사한 마음으로 먹어야지요."

도대체 며칠 동안 제대로 된 음식은 입에 대보지도 못한 명수지만 노인 나름대로는 손님 대접을 하는 것일 테니 불평은 하지 않았다.

하지만 숨을 쉴 때마다 속에서 천불이 나는 것 같아 정신이 몽롱할 지경이다.

"뜨끈뜨끈한 것이 꼭 만취했을 때의 기분이 드는군요."

"주과라고 하지 않았나? 술 한 잔 마셨다고 생각하게."

아주 못 견딜 정도는 아니었기 때문에 명수는 대수롭지 않게 그의 말에 따르기로 했다.

이제 해는 중천을 지나고 있다.

무려 닷새나 걸려 도착한 곳은 금방이라도 쓰러질 듯한 오두막이었다.

백의 장삼의 노인은 오두막의 입구를 가리고 있는 멍석을 거두어 올렸다.

"누추하지만 들어오게."

"그럼 염치 불구하고 신세 좀 지겠습니다."

정중하게 고개를 숙인 명수는 신발을 벗고 오두막 안으로 들어가 앉았다.

적막이 흐르는 오두막 안, 노인이 명수에게 물었다.

"그럼 맛깔나게 한잔 마셔볼까?"

"좋지요."

하지만 다 쓰러져 가는 오두막에 술이 도대체 어디 있다는 것인지 의문이다.

명수가 질문을 하기도 전에 노인이 해답을 내려준다.

"아 참, 술이 없군. 그렇다면……."

이윽고 노인은 오두막 바닥으로 손을 쑤욱 집어넣었다.

꿀렁!

순간, 명수는 자신의 눈을 의심했다.

"에, 엥?!"

마치 말랑말랑한 젤리 안으로 손을 쑤셔 넣는 듯한 모습이다.

세상천지 어디에도 바닥을 손으로 뚫는 사람은 없을 것이다.

"어, 어르신, 이건……"

노인은 대수롭지 않게 명수에게 잔을 건넸다.

"뭘 그리 멀뚱하게 앉아 있나? 술잔이 식겠네."

아직도 얼떨떨한 표정의 명수가 화들짝 놀라 술잔을 받았다.

"아, 예……"

물처럼 맑은 술이 잔을 타고 흘러든다.

또르르르.

분명 술병에는 차가운 냉기로 인해 서리가 내리고 있었지만 명수의 잔은 점점 따뜻해져만 갔다.

그는 마치 자석에 이끌리는 듯 술이 담긴 사기 주전자로 손을 가져다 댔다.

그러자 그의 손끝이 주전자에 달라붙었다.

"허, 허엇!"

실제로 주전자는 손이 달라붙을 정도로 차가웠고, 분명 그의 잔은 김이 모락모락 날 정도로 따뜻하게 데워져 있었다.

말도 안 되는 얘기지만 명수는 이 상황을 이해하려 애썼다.

'그래, 이건 꿈이야. 꿈이라면 그럴 수도 있지. 꿈에서라면 무엇인들 못 하겠어?'

명수가 해답을 찾기도 전에 노인은 술잔부터 넘기라 재촉한다.

"한잔하겠나?"

그제야 퍼뜩 정신을 차린 명수가 술잔을 내밀었다.

"예, 그럼 한잔하겠습니다."

일단 노인이 준 잔이니 비우고 볼 일이다.

꿀꺽!

목구멍을 타고 청량감과 함께 후끈거리는 무언가가 넘어간다.

"크흐!"

말로 형용할 수 없는 엄청난 맛, 명수는 명주도 이런 명주가 또 있나 싶다.

하지만 잠시 후 명수는 정신이 혼미해져 오는 것을 느꼈다.

아련해지는 눈앞, 그는 진정한 술맛을 깨달은 것에 대해 오늘 죽어도 여한이 없다고 생각했다.

＊　　　＊　　　＊

명수가 다시 눈을 떴을 때, 그는 차가운 대전역 동서 관통로 바닥에 누워 있었다.

"꿈… 인가?"

기나긴 꿈에서 깨어난 그는 이것이 과연 어떻게 된 것인지 싶어 연신 고개를 갸웃거렸다.

너무 긴 꿈에서 허우적거린 탓일까?

그는 지금이 꿈인지 생시인지 헷갈릴 지경이다.

그런 그에게 김 씨가 헐레벌떡 달려왔다.

"어이, 명수!"

"김 씨 형님?"

사색이 된 김 씨가 잠에서 깨어난 명수를 보자마자 안도의 한숨을 내쉬었다.

"아이고, 이 사람아! 나는 자네가 꼭 죽은 줄로만 알았다네!"

"네? 제가 죽어요?"

"사흘 밤낮을 일어나지도 않고 자는데, 하마터면 경찰서에서 시신을 치울 뻔했지 뭔가!"

명수는 실소를 흘렸다.

"에이, 세상에 사나흘을 내리 자는 사람이 어디 있습니까? 형님께서 꿈을 꾸신 것이겠지요."

"어허! 이 사람이 너무 오래 자서 그런가, 사람 말을 못 믿어?"

김 씨는 명수에게 무료 신문인 벼룩시장을 펼쳐 보였다.

2013년 12월 10일

순간, 명수는 자신의 눈을 의심했다.

"이잉?!"

분명 어제는 12월 6일이었고 그는 하룻밤 잠을 잔 것뿐이다.

한데 나흘이나 지나 있다니, 도저히 믿을 수가 없었다.

"제, 제가 그럼 정말 나흘 동안이나 잠을 잤단 말입니까?"

"그렇다니까! 난 정말로 꼼짝없이 자네가 죽는 줄 알았어!"

아무렇지도 않게 땅바닥에서 술병을 꺼내는 노인을 만나 술을 한잔 마시는 꿈을 꾸었을 뿐인데 무려 나흘이나 지나 있다니.

그는 자리에서 벌떡 일어나 목욕탕으로 향했다.

"또 어딜 가는가?!"

"누굴 좀 만나러 갑니다. 그럼 저는 이만……."

김 씨는 멀어지는 명수를 그저 멀뚱멀뚱 쳐다보고 있을 뿐이다.

*   *   *

무려 20분을 내리 달려 도착한 목욕탕에는 아직까지 손님이 들어오지 않았다고 한다.

목욕탕 주인은 명수를 보며 연신 고개를 갸웃거렸다.

"자네 얼굴이 많이 좋아졌군. 요새 어디서 몸보신이라도 하는 모양이지?"

"몸보신이요?"

"얼굴이 몰라보게 좋아졌잖아?"

명수는 목욕탕 카운터에 붙어 있는 거울에 자신의 얼굴을 비춰보았다.

여전히 흉측하게 일그러진 얼굴은 그대로지만 확실히 피부결과 색은 한결 맑고 깨끗하게 변해 있었다.

마치 얼마 전 목욕탕에서 노인을 본 장면을 다시 보는 것 같았다.

"사장님께서 그렇다고 하시니까 그런 것 같기도 하고……."

"맞다니까 그러네. 내가 사람 보는 안목은 좀 있잖아?"

아무리 눈썰미가 나쁜 사람이라도 명수의 피부가 변한 것을 눈치챌 수 있을 정도이다.

그만큼 나흘 사이 명수의 외모는 확연히 변해 있었던 것이다.

"아무튼 목욕탕엔 아무도 안 왔다는 말씀이시죠?"

"그래. 오늘 새벽부터 통 손님이 없었어."

동네 노인들이 몸을 담그기 위해 아침이면 사람이 줄을 서는 곳이건만, 사람이 드나들지 않았다는 것도 참으로 의외의 일이다.

명수는 그에게 꾸벅 고개를 숙였다.

"아무튼 말씀 감사합니다."

그는 곧장 정체불명의 노인을 처음 본 쓰레기장으로 향했다.

원래 산업폐기물 창고는 일반인이 출입할 수 없는 곳으로, 특수 폐기물 처리에 관한 자격증이 있는 사람만이 출입할 수 있었다.

하지만 몇 번이고 이곳에 와본 적이 있는 명수는 뒷길을 이용해 무리 없이 안으로 들어설 수 있었다.

잘못하면 노인을 찾기도 전에 이곳에서 쫓겨날 가능성이 있기 때문에 그는 짐짓 조용히 발걸음을 옮겼다.

"어르신! 어르신!"

과연 그의 목소리가 노인에게 들릴지는 몰라도 답답해 죽는 것보다는 나을 것이다.

그렇게 폐기물 창고를 뒤진 지 한 시간이 지났다.

"이곳에도 안 계신 모양이네."

아무리 생각해 보아도 지금 그를 통해 일어나고 있는 일은 분명 노인에게서부터 비롯된 것일 확률이 높았다.

하지만 그 장본인을 찾을 수 없으니 이제 그만 포기하고 일상으로 돌아가야 할 모양이다.

"그래, 궁금한 것은 궁금한 거고 먹고살 궁리나 해야지."

더 이상 호기심에 시간을 허비했다간 오늘도 쫄쫄 굶어야 할지도 모른다.

명수는 노인을 찾는 것을 포기하고 다시 대전역 동서 관통로로 돌아갔다.

*   *   *

추운 겨울이 지나고 봄이 올 즈음 부쩍 늘어난 일거리 덕분에 명수는 하루가 도대체 어떻게 가는지 모를 정도로 바쁜 나날을 보내고 있었다.

어찌나 일자리가 많은지 항상 일선에서 일거리를 빼앗기고 말던 명수와 김 씨에게도 연이어 일당 벌이가 떨어져 내렸다.

오늘의 현장은 대전 신탄진 부근 대형 상가 건축 현장이었다.

중장비와 수많은 인부들이 바쁘게 움직이는 가운데 명수와 김 씨가 섞여 있다.

비록 청소나 무거운 짐을 나르는 등의 일용직 잡부지만 명수와 김 씨는 그 누구보다 열심히 일했다.

"형님, 저쪽에 쓰레기가 또 있군요."

"그렇군. 마저 치우고 갈까?"

아무도 신경 쓰지 않는 현장 구석에 처박혀 있는 쓰레기 몇 조각조차 그냥 지나치는 법이 없는 명수이다.

그 역시 돈에 아주 인색한 사람이기에 남의 돈을 받는 데 무조건 최선을 다해야 한다는 마음가짐에서 비롯된 일이다.

쓰레기봉투에 한 아름 쓰레기를 꾸역꾸역 쑤셔 넣은 명수와 김 씨는 그제야 마음이 한결 편하다는 표정이다.

"열심히 일해놓고 욕을 먹을 수는 없는 노릇이지."

"암요."

아마 일 년 중에 명수에게 가장 행복한 날을 꼽으라면 바로 이렇게 일을 하고 있는 순간일 것이다.

그가 유일하게 살아 있다고 느끼는 순간은 바로 일하는 시간인 것이다.

하지만 그런 그의 노력도 어떤 이에게는 그리 달갑지 않게 느껴지는 모양이다.

"어이, 거기 둘! 구석에서 뭐 하는 거야?!"

올해로 쉰이 된 작업반장이 두 사람을 불러냈다.

잘못한 것이 없는 명수와 김 씨는 당당하게 쓰레기봉투를 내밀었다.

"보면 모르겠습니까? 쓰레기를 치우는 중이었습니다."

"뭐? 그딴 구석에서 무슨 쓰레기를 치운다는 거야? 게다가 지금 내가 시킨 일은 그딴 잡다한 쓰레기나 치우는 일이 아닐 텐데?"

반장은 두 사람에게 콘크리트 벽 양생에 쓰인 파렛트를 스카이크레인 기사에게 전달하는 일을 맡겼다.

그러면서 층층마다 쌓여 있는 쓰레기를 치워놓으라고 지시했는데, 명수와 김 씨는 그것을 철저하게 지킨 것뿐이다.

"반푼이라도 열심히 일한다고 하기에 기껏 써주었더니 요령을 피워?"

아마도 그의 눈에는 명수와 김 씨가 달갑지 않은 모양이다.

공사 현장은 몸을 쓰는 곳이기 때문에 몸이 성치 않은 사람은 기피 대상 1호가 된다.

그렇기 때문에 둘의 이미지에 가려 성실함이 보이지 않았던 것이다.

"시키는 일을 열심히 했을 뿐입니다만……."

반장은 두 사람의 얘기는 들어볼 생각도 하지 않았다.

"시끄럽고, 내일부터 못 나올 테니 그렇게 알아."

김 씨가 화통을 삶아 먹은 듯 소리쳤다.

"예?! 그런 말도 안 되는 법이 어디 있습니까?!"

"어디 있긴 여기 있지."

"그, 그런 억지가……!"

그는 이미 마음을 정한 모양이다.

아무래도 설득이 어려울 것 같았는지 명수가 김 씨를 만류
했다.

"그만 가시죠. 이런다고 달라질 것은 없습니다."

"그래도 그렇지, 뼈 빠져라 일해주고 욕을 먹는 건 너무 억
울하지 않아?"

명수는 고개를 가로저었다.

"어디 현장이 이곳 한 곳뿐입니까? 분명 우리가 갈 자리 하
나쯤은 있을 겁니다."

김 씨는 아직도 분한 듯 가슴을 쳤다.

"어휴! 아주 속에서 천불이 다 나네!"

일찌감치 명수는 화를 다스리는 법에 대해 고찰해 보았다.

어려서부터 유독 성격이 부드럽던 명수는 어지간해서는 화

를 내는 법이 없었는데, 그것은 바로 그의 인내심 덕분이었다.

명수 역시 울컥해서 소리를 지르고 싶을 때가 있지만, 그것은 단지 짧은 노파심에서 드는 생각일 뿐이다.

살아오면서 그는 단 한 번도 남에게 화를 낸 적이 없었다.

그것은 바로 상황을 악화시키는 일일 뿐, 화를 내서 해결되는 것은 아무것도 없다는 것을 일찌감치 깨달은 것이다.

"자네는 성격도 좋아. 저걸 보고도 그냥 넘어가고 싶어?"

"뭐 어쩌겠습니까? 오늘따라 운수가 나쁜 것을요."

김 씨는 연신 고개를 가로저었다.

"그런데 난 저런 꼴 못 봐주겠어! 힘 좀 있다고 사람 무시하고 말이야!"

명수는 쓴웃음을 지었다.

"세상은 요지경 아닙니까? 이런 사람도 있고 저런 사람도 있는 법이지요. 그냥 형님이 참으십시오."

"후우, 오늘 따라 소주 한잔이 간절하군!"

이렇게 하루하루 지내다 보면 동생을 볼 수 있다는 생각에 그는 더욱더 화를 내지 않았다.

오늘도 그는 그저 속으로 화를 삭힐 뿐이었다.

　　　　＊　　　　＊　　　　＊

　점심시간이 지나고 중참(점심과 저녁 사이에 먹는 간식)이 제
공된다.

　명수와 김 씨 역시 참을 먹기 위해 공사장 식당으로 향했
다.

　참은 빵부터 라면, 국밥까지 그 종류도 다양하다.

　"오늘은 뭘 먹지?"

　"마지막이니 국밥이나 한 그릇 하시죠."

　국밥이라고 해봐야 묽은 김치 콩나물국 한 그릇이지만 허
기엔 이만한 것이 없다.

　김 씨와 명수가 국밥을 한 그릇 말아 먹기 위해 줄을 서는
데, 뒤에서 반장이 따라붙었다.

　"뭘 잘했다고 국밥을 처먹는다는 것인지 모르겠군."

　그의 조롱 섞인 비난에 김 씨가 발끈해 소리쳤다.

　"뭐요?!"

　"함바에서 나가는 돈도 우리 회사에서 내는 거야. 그러니
일을 안 한 사람은 먹을 자격이 없다는 소리다."

　"정말 끝까지 이러실 겁니까?! 아무리 그래도 이 주일 동안
이나 열심히 일했는데?!"

　"열심히는 무슨, 그런 몸으로 현장에 나온다는 것 자체가

어불성설이지."

명수는 싸움이 더 커질까 무서워 두 사람 사이를 막아섰다.

"그만 하시죠. 사람들도 많은데."

반장은 짜증스럽게 명수의 손을 치워냈다.

"알겠으니까 손 좀 치우지?"

"그런데 저……."

버럭 역정을 내는 김 씨를 만류하며 명수가 억지웃음을 지었다.

"그만하시죠. 잘못했다가 일당을 못 받으면 길거리에서 자야 할지도 모릅니다."

봄에는 노숙자들의 숫자가 현격하게 줄어드는데, 날씨가 따뜻해지면서 일자리가 늘어난 탓이다.

덕분에 두 사람도 하루에 5천 원씩 모아서 여인숙 생활을 하고 있다.

하지만 그들에게 있어 5천 원도 꽤나 큰돈이기 때문에 함부로 쓸 수는 없었다.

더군다나 하루 일당을 못 받으면 그 타격이 엄청났다.

"쳇! 더럽고 치사해서 내가 참는다!"

명수의 간절한 만류 덕분에 김 씨는 애써 화를 삭힌다.

아무래도 공사판의 정이란 그리 깊은 것이 아닌 모양이다.

이 주일간 서로를 조금은 알았다고 생각했건만, 명수의 생각이 틀린 듯하다.

화가 난 것은 화가 난 것이고 마파람에 게 눈 감추듯 국밥을 먹어치운 명수와 김 씨가 식당을 나섰다.

"어허, 잘 먹었다!"

저절로 감탄사가 나오는 것은 김 씨의 화가 풀렸다는 소리다.

"이제야 화가 조금 사그라지시는 것 같습니까?"

"쩝, 내 까짓 게 뭘 어쩌겠어? 화가 나도 참아야지."

"그렇게까지 비하하실 것은 없지요. 저 사람도 사람이고 형님도 사람인데."

"후후, 세상이 그렇게 공평하게 돌아간다면 얼마나 좋겠어?"

사회관에 대해 공격적인 성향을 띤 김 씨는 항상 이런 식으로 부정적인 말만 골라서 했다.

아마 오랜 세월을 거리에서 보낸 탓에 성격이 조금 비뚤어진 것이리라.

명수는 남은 시간 동안 열심히 일하기 위해 다시 일터로 향했다.

"남은 동수가 몇 개였지요?"

"한 개였지, 아마?"

"거의 다 끝났군요."

"쉬엄쉬엄 하자고. 또 무슨 꼬투리를 잡을지 모르니까."

일이 너무 일찍 끝나도 성질이 더러운 반장이 또 무슨 일을 시킬지 알 수 없기에 천천히 일하자는 것이다.

이번에는 명수 역시 공감이다.

다소 느릿느릿 현장으로 돌아가던 명수는 스카이크레인에 지시를 내리고 있는 반장을 발견했다.

"어이, 스라게!"

무전기를 들고 스카이크레인 기사들끼리 쓰는 무전 용어를 읊조리고 있다.

그런 그를 보고 김 씨가 비아냥거림인지 감탄사인지 모를 말을 내뱉는다.

"저 사람은 못하는 것이 도대체 뭐야?"

"그래서 반장 아니겠습니까?"

공사장에서 20년을 넘게 보낸 그는 못하는 것이 없었다.

두 사람은 대수롭지 않게 그를 지나쳐 현장으로 향했다.

하지만 어디선가 당혹감에 물든 비명이 흘러나왔다.

"어, 어어……!"

"정 반장!"

명수는 반사적으로 타워크레인의 꼭대기를 바라보았다.

끼익, 끼익.

오늘따라 바람이 심하게 불어 타워크레인의 리프팅 로프가 흔들리고 있었다.

혹시 몰라 반장에게 피하라고 말하고 있었지만, 정작 그는 위험을 감지하지 못하고 있었다.

무심코 뒤를 돌아본 정 반장은 무슨 일이냐고 성화다.

"뭐야? 왜 그래?!"

"나오라고!"

시끄러운 공사장에서 동료들의 소리가 제대로 들릴 리가 없다.

잠시 후, 타워크레인이 기어코 사고를 냈다.

쿠우우웅!

"정 반장, 피해!"

"뭐라고?!"

동료들의 손가락이 하늘을 가리키자 그제야 그는 고개를 들어 머리 위를 바라보았다.

무려 10톤이 넘는 파렛트가 쏟아져 내려 그의 몸을 덮쳐옴에 그는 옴짝달싹할 수 없었다.

순간, 명수는 자신도 모르게 정 반장을 향해 달려갔다.

"명, 명수!"

정의감도 아닌, 그렇다고 정에 이끌린 것도 아니었다.

마치 기계가 그러하듯이 자동적으로 몸이 튀어나간 것이다.

둘 사이는 무려 3분 거리, 찰나의 순간에 닿을 수 있는 거리라기엔 터무니없이 멀다.

하지만 명수의 몸이 기적을 만들어냈다.

김 씨가 미처 그를 말리기도 전에 명수는 정 반장이 있는 곳까지 도달한 것이다.

그는 마치 용수철이 튀듯 아주 빠른 속도로 튀어나가 인간이라면 도저히 불가능한 일을 해냈다.

"피해요!"

"허엇!"

퍼억!

명수의 몸이 반장의 복부를 감싸 안으며 두 사람의 몸이 안전한 장소로 튕겨져 나갔다.

이윽고 그가 서 있던 자리에 무려 10톤가량의 파렛트가 떨어져 내렸다.

쿵쾅쾅쾅쾅!

흙먼지가 주변을 물들이고, 명수와 정 반장은 먼지가 걷히기 전까지 바닥에 고개를 묻고 있었다.

약 5분 후, 흙먼지가 걷힌 사고 현장으로 인부들이 달려왔다.

"정 반장!"

"명수, 명수!"

자리를 털고 일어선 두 사람은 넋이 나간 표정으로 동료들을 찾았다.

"내, 내가 살아 있나?!"

"하하하, 하마터면 정말 황천길 구경할 뻔했네!"

김 씨는 멀쩡하게 살아 있는 명수를 보며 감탄사를 연발했다.

"자네 정말 알면 알수록 신기한 친구군. 하하!"

신기한 듯 명수의 몸을 더듬는 김 씨보다 더 놀란 것은 명수였다.

도대체 그 먼 거리를 인간의 몸으로 어찌 뛰어넘을 수 있단 말인가?

'뭐야, 방금 그건?'

사람이 위기에 처하면 초인적인 힘을 발휘한다곤 하지만 이 경우엔 너무 극단적이지 않나 싶다.

*   *   *

꽤나 길었던 하루를 마치고 돌아오는 길, 명수는 머릿속이 뒤죽박죽하다.

'도대체 그건 뭐였지?'

지금까지 그에게 일어난 일을 생각하면 과연 무엇이 꿈이고 현실인지 구분을 할 수 없었다.

대전역 여인숙 골목에 들어서서야 정신이 번쩍 든다.

"명수, 오늘은 먼저 들어가겠어?"

"무슨 일 있으십니까?"

"볼일이 좀 있어서 말이야."

명수가 초점이 없어진 눈으로 답했다.

"그렇게 하시죠."

여인숙으로 돌아온 명수는 대충 짐을 꾸리고 목욕탕으로 향했다.

한 달에 한 번 목욕탕을 이용하는 것이 요즘 명수의 유일한 낙이다.

그는 이른 저녁임에도 꾸벅꾸벅 졸고 있는 목욕탕 주인을 깨웠다.

똑똑똑.

"사장님, 저 왔습니다."

목욕탕 주인이 하품을 하며 눈을 뜬다.

"으음, 왔어?"

더듬거리는 손으로 입욕권을 뜯어내던 주인이 명수에게 물었다.

"아 참, 얼마 전에 자네가 나를 찾아와서 노인에 대해 물었던가?"

명수의 동공이 활짝 열린다.

"오, 오늘 그 노인께서 오셨습니까?"

"한 삼십 분쯤 되었나? 나오는 것을 못 보았으니 아직까지
안에 있겠군."

그는 재빨리 목욕비를 치르고 탕 안으로 달려들어 갔다.

이 모든 일에 대해 설명해 줄 사람은 노인뿐이라고 생각한
것이다.

"어르신!"

텅텅 빈 목욕탕에 명수의 목소리가 메아리가 되어 울려 퍼
진다.

숨을 헐떡거리는 그의 앞에 노인이 다가선다.

"왔는가?"

여전히 추레한 복장이지만 명수는 그 속에서 우러나오는
무언가를 느낄 수 있었다.

'분명히 저 노인은 범인이 아니야.'

일전에 명수는 그의 대해 깊게 생각해 본 적이 없었다.

당연히 끼니를 구걸한 노인에 지나지 않는다고 단정 지어버
린 것이다.

하지만 이젠 그 어떤 것도 단언할 수 없게 되었다.

"어르신, 궁금한 것이 있습니다."

그는 질문에 대답하기 전에 먼저 자리에서 일어섰다.

"그래, 궁금한 것이 많겠지. 그것에 대해 알려줄 테니 일단 따라오게."

자리에서 일어선 노인을 따라 명수는 목욕탕을 나섰다.

*   *   *

대전 식장산 중턱, 이곳에 명수와 노인이 서 있다.

"저, 어르신?"

"벌써 지쳤나?"

"아니요, 지치지는 않았습니다. 얼마 전에 꿈에서 이상한 노인이 준 약초를 먹고 나서부터 몸이 가뿐합니다."

"혹시 그 노인이 장기 알을 건네던가?"

"그, 그걸 어떻게……."

"드디어 찾았군. 자네는 선인의 마지막 제자가 될 자격이 있어."

"……?"

노인은 명수에게 자신의 정체에 대해서 설명했다.

"혹시 정방사신회라는 단체에 대해 들어본 적이 있나?"

"정방사신회요?"

"아주 오래전부터 이 땅 위에 숨어 살면서 환란을 바로잡는 사람들 말일세."

"아니요, 저는……."

"그래, 들어본 적이 없을 테지. 하지만 이 나라에는 분명 그런 집단이 존재하고 있다네. 그들은 이러한 무공을 연마하여 힘을 키웠지."

노인은 손가락을 한 번 휘저어 구름을 만들고 그 안에서 엄청난 크기의 뇌전을 이끌어냈다.

우르르릉, 콰앙!

번쩍!

"허, 허억!"

"이게 바로 청룡단주의 힘일세. 자네는 지금 청룡단주와 함께 있는 것일세."

정방사신회가 과연 무슨 집단인지 알 수는 없어도 대단한 힘을 가진 것만큼은 확실해 보였다.

노인은 그에게 한 가지 제안을 했다.

"자네가 원한다면 선인의 힘을 전수해 주고 청룡단주로서 신묘한 능력을 가질 수 있도록 해주겠네. 물론 지금과 같은 생활은 더 이상 할 필요가 없겠지. 자네가 원한다면 가난하지 않은 기업가로 살아갈 수도 있으니 말이야."

"…정말이십니까?"

"나는 거짓말을 하지 않는다네."

"하지만 도대체 저의 무엇을 보고 그런 엄청난 일을 해주신 다는 겁니까?"

"인품에 대한 믿음이지."

명수는 청림의 깊은 눈동자에서 무한한 신뢰를 느꼈다.

"좋습니다. 제안을 수락하겠습니다."

"그래, 그렇다면 자네가 내 뒤를 이어 다시 청룡단주의 이 름을 이어받을 것일세."

"감사합니다."

"그러나 한 가지 조건이 있어."

"그게 뭡니까?"

"지금까지 자네가 살아온 모든 흔적을 지울 것일세. 이름, 고향, 지인, 부모도 없어지고 심지어는 타고난 신체와 성별까 지도 바뀔 것일세."

"제, 제가 여자가 된다는 말씀이십니까?"

"그렇다네."

"그, 그건……."

"성별이 바뀌면서 성격도 바뀔 거야. 그러니 다시는 명수라 는 이름을 입에 올리지 않게 되겠지."

노인의 말이 끝나자 명수가 어찌할 새도 없이 그는 여자가 되어갔다.

스스스, 팟!

"어, 어머나!"

"자, 어떤가? 새로운 사람이 된 기분이 말이야."

"……."

"신임 청룡단주가 된 것을 축하하네. 자네가 받은 그 장기 알 말이야. 그것은 청룡단주를 상징하는 것일세. 꿈속에서 자네가 만난 것은 초대 청룡단주이고 그가 먹인 것들은 전부 진짜 영약이었네. 덕분에 자네의 몸이 이렇게 단숨에 새로워질 수 있던 것이지."

"…그렇군요."

"아무튼 나는 내 몸을 희생했으니 사라지겠네. 자네에게 초대 청룡단주를 현신시켜 주었으니 내 몸은 그 대가로 사라질 거야."

그녀는 화들짝 놀라 옛 청룡단주를 바라보았다.

"저, 정말 이렇게 속절없이 자신을 희생하고 훌쩍 떠나는 것입니까?!"

"황당하겠지만 이게 바로 청룡단주의 숙명일세. 자네도 언젠가는 이렇게 희생해야 할 날이 반드시 올 거야."

"……."

"그럼 몸 건강히 잘 있게나."

두 사람은 그렇게 황망한 이별을 했다.

　　*　　　　*　　　　*

　대전역 동서 관통로 안.

　이른 새벽부터 잠에서 깬 김 씨가 인력 시장으로 나갈 준비
를 서두르고 있다.

　"끄응……."

　하지만 요 며칠 찬바람을 맞아서 도저히 몸이 움직일 생각
을 하지 않았다.

　그는 깊은 한숨을 내쉬었다.

　"휴우, 나도 이젠 다 된 모양이구나."

　나이가 먹어서 더 이상 움직이는 것도 무리인 모양이다.

　그런 그에게 한 여인이 다가왔다.

　"받으세요."

　"……?"

　"힘내시고요."

　그녀가 건넨 것은 네모난 상자였는데, 그 안에는 현금으로
1억 원이 들어 있었다.

　순간, 그는 화들짝 놀라 고개를 들었다.

　"어어……!"

　하지만 그녀는 이미 사라지고 없었다.

　다만 지폐 위에 명수라는 두 글자만 남아 있을 뿐이다.

"…명수?"

그는 멍하니 앉아 명수라는 이름을 읊조리며 시간을 보냈다.

『도시 무왕 연대기』14권에 계속…

초대형 24시 만화방

신간 100%, 샤워실, 흡연실, 수면실(침대석), 커플석, 세탁기 완비

▪ 시흥 정왕25시점 ▪

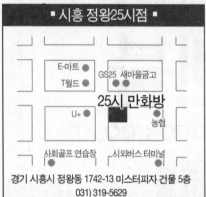

경기 시흥시 정왕동 1742-13 미스터피자 건물 5층
031) 319-5629

▪ 강북 노원역점 ▪

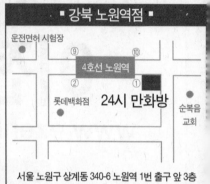

서울 노원구 상계동 340-6 노원역 1번 출구 앞 3층
02) 951-8324 (화용빌딩 3층)

▪ 일산 정발산역점 ▪

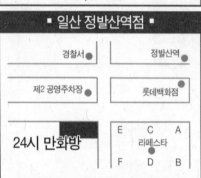

라페스타 E동 건너편 먹자골목 내 객잔건물 5층
031) 914-1957

▪ 일산 화정역점 ▪

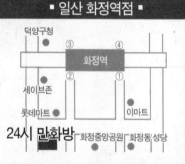

경기도 고양시 덕양구 화정동 984번지 서일빌딩 7층
031) 979-4874 (서일사우나 건물 7층)

▪ 부천 역곡역점 ▪

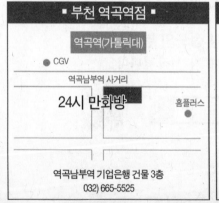

역곡남부역 기업은행 건물 3층
032) 665-5525

▪ 부평역점 ▪

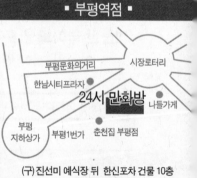

(구) 진선미 예식장 뒤 한신포차 건물 10층
032) 522-2871

FUSION FANTASTIC STORY

가프 장편소설

시크릿 메즈
SECRET MEZ

―너는 10,000개의 특별한 뉴런을 더하게 되었어.
매직 뉴런, 불멸의 뉴런이지.

실험실 알바를 통해 만난 '6번 뇌'.
우연한 만남은 이강토를 신비의 세계로 이끈다.

『 시크릿 메즈 』

매직 뉴런을 탑재한 이강토의
정재계를 아우르는 좌충우돌 정의구현!
긴장하라, 당신이 누구든 운명은 이미 그의 손안에 있으니!

"무슨 꿍꿍이가 있는지, 어디 한번 봐볼까?"

Book Publishing CHUNGEORAM

유행이 아닌 자유추구 -
WWW.chungeoram.com

미러클 테이머

인기영 장편소설

FUSION FANTASTIC STORY

MIRACLE TAMER

이계로 떨어져 최강, 최고의 테이머가 되었다.
그러나… 남은 것은 지독한 배신뿐.

배신의 끝에서 루아진은 고향 지구로 되돌아오게 되는데……
몬스터가 출몰하기 시작한 지구!
그리고 몬스터를 길들일 수 있는 테이머 루아진!
그 둘의 조합은……?

『미러클 테이머』

바야흐로 시작되는
테이머 루아진과 몬스터들의 알콩달콩한
대파괴의 서사시!!

Book's Publishing CHUNGEORAM

궁극의 쉐프

Ultimate chef

가프 장편소설

FUSION FANTASTIC STORY

태초의 우물에서 찾은 사막의 기적.
사람의 식성과 식욕을 색으로 읽어내는 능력은
요리의 차원을 한 단계 드높인다.

『궁극의 쉐프』

요리란!
접시 위에 자신의 모든 것을 담아내는 것.

쉐프란!
그 요리에 자신의 가치를 증명하는 사람.

"요리 하나로 사람의 운명도 좌우할 수 있습니다."

혀를 위한 요리가 아닌, 마음을 돌보는 요리를 꿈꾸는,
궁극의 쉐프 손장태의 여정이 시작된다!